――あの娘に、もう一度会いたい。
――あの娘に、触りたい。
初めての感情だった。
JN114025

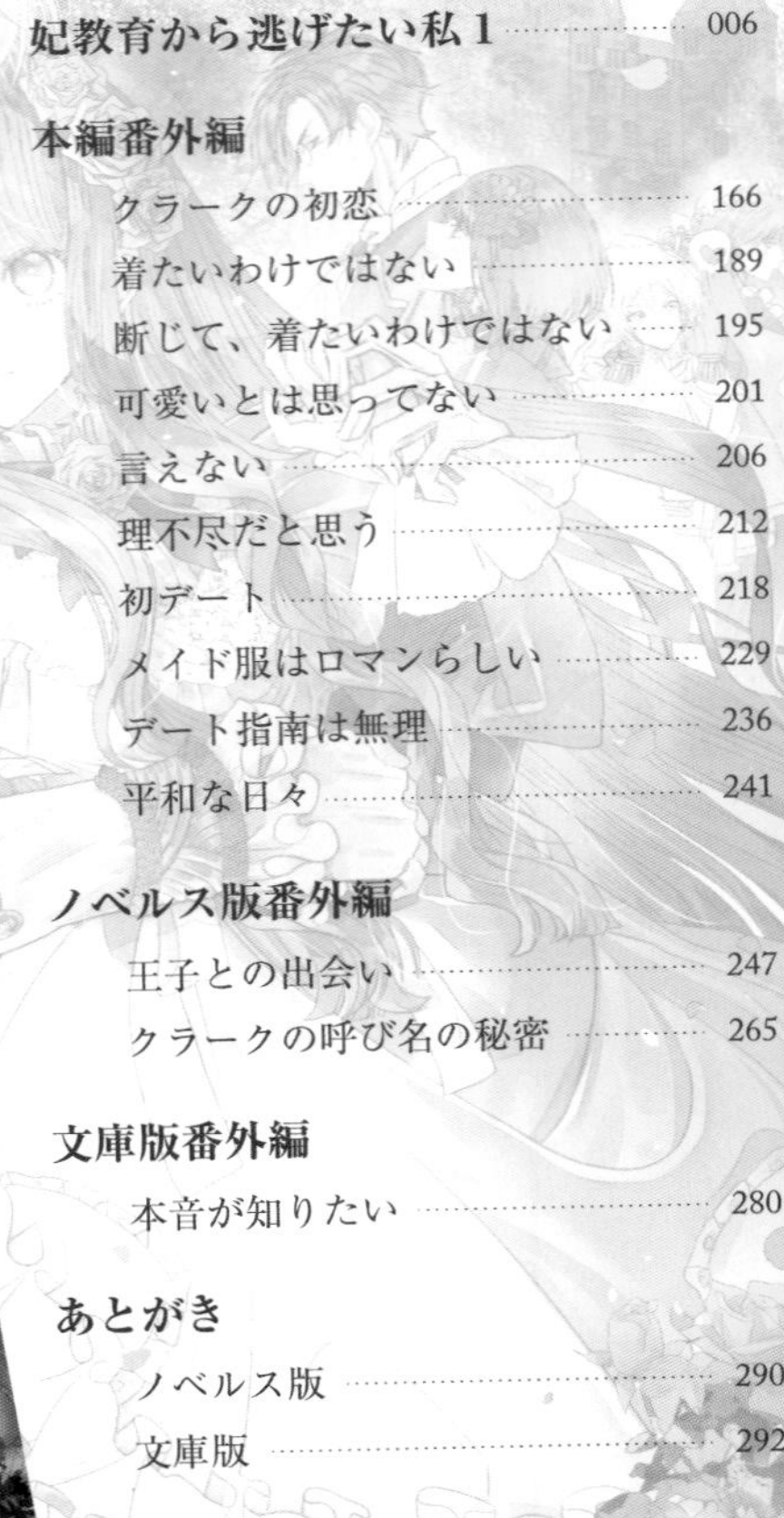

Contents

妃教育から逃げたい私1

沢野いずみ

PASH!文庫Fiore

我が婚約者殿が隣に麗しいご令嬢を侍らせている。

あれ、私のエスコートは？　と思っていたら、私の婚約者であり、この国の第一王子でもあるクラーク様が、ご令嬢を腕に絡めたまま、私の目の前に来た。

「レティシア、ブリアナ嬢だ」

ご令嬢は私の近くまで来ると、あからさまにさらにクラーク様に密着した。あまりにわかりやすすぎて、どうしたものかと一瞬悩んでしまったが、私の思考を遮ってクラーク様が口を開いた。

「今日は、君の相手はできないんだ」

私とクラーク様の様子を窺っていた人たちのおかげで静かだった広間には、その言葉はとてもよく通った。

「それは、その方がお相手ということですか？」

「すまない……」

「と、いうことは婚約は……」

「……そういうことだ」

そういうことだ。

私はその言葉を何度も頭の中で繰り返す。

そういうことだそういうことだそういうことだそういうことだ。

と、いうことはそういうことだ！

私は手に力を入れる。

「やったわー！」

「は？」

両手を上げて飛び跳ねる私はさぞ公爵令嬢らしくないだろう。でも知ったことではない。令嬢らしさはもう必要ない。

そのままクラーク様の後ろで、がっかりした顔をしている兄に駆け寄る。

「兄様、聞きました？　聞きました？　もちろんばっちりでしたよね！」

「ああ、聞いた」

「ああ、やったわやったわ！」

私は胸の前で手を組んで、天を仰ぐ。ああ、神様ありがとう。今まで教会での祈りなんて面倒だとしか思ってなかったけど、今度からちゃんと祈る！

「苦節十年。七歳で次期国王の婚約者となってから来る日も来る日も勉強勉強勉強勉強勉強ダンスダンスダンスダンス！　そしてなぜか頻繁に参加しなければいけないお茶会！　何ひとつ！　楽しく！　ない！」

「レ、レティシア……？」

「やることなすことすべて否定される。うっかり声を出して笑えば、品が悪いと咎められるけれど、私がそれをしたことで誰かに迷惑かけるのか？　かけてないだろうが！　ちょっと急いで小走りになっただけなのに、はしたないって、とりあえずケチつけたいだけだろうが！」

「レティ……？」

「なっちゃったものは仕方ないとあきらめていたけれど、もうしなくていいのね！　ああ最高。あなたのおかげだわ！　……なんだっけ、えーと、ブリ……ブリ……ブリっ子？」

「ブリアナよ！」

ご令嬢は顔を真っ赤にして怒る。そのはずみで豊かな胸が大きく揺れた。羨ましいとは思っていない。決して。

しかし、どうやら彼女を怒らせてしまったらしいことはわかるので、私は謝罪を述べようとしおらしい顔つきを作る。

「ごめんなさい。だってすごいブリブリしているから」

「馬鹿にしてるの!?」

「馬鹿にしてるけど感謝はしてるのよ！　ありがとう不良債権引き取ってくれて！」

「ふ……不良債権……」

「一日十時間王城に缶詰めで勉強して、ダンスして、お茶会で貴族連中の嫌がらせに耐えるという苦行を代わりに行ってくれるなんて！　頑張ってね！　応援しているわ！」

「え……」

ブリっ子の顔色が変わったけど大丈夫大丈夫、愛があればなんでも乗り越えられるってこの間街に来ていた吟遊詩人が言っていた。私はかけらも愛がなかったから無理。

「私を王子の婚約者に無理やりした兄様、残念でしたね！　王家とのつながりは違うところから手に入れてくださいね！」

「わかったよ」

「兄様、クラーク様にいい女性ができたら、私は自由だという約束、守ってくださいますね⁉」

「わかったよ」

兄があきらめた顔をしている。

「ふふ、これで自由。私は今後、令嬢はやめるのよ！　田舎に行って魚釣って魚釣って木登りして、村の子供たちと戯れて、畑耕して、大口開けて笑って過ごすのよー！」

「レティ」

「あ、クラーク様、今までありがとうございました。さようなら、あなたみたいな高貴な方はめったに来ない辺境に引っ越すから私のことはお気になさらず。どうぞ存分にイチャイチャして、たくさんお世継ぎ作って国を豊かにしてくださいね。本当にお気になさらず、私は今とても幸せ。まあこうなるならもっと早く破棄しろよ私の耐えた日々返せ、と思うけど思うだけに留めておくからお気になさらず！」

微笑んでいるクラーク様に大きく手を振る。ああ、もう令嬢のあの小さな手の振り方もしなくていいのね。ああ、幸せ！

ボロカスに言ってるのに笑っている相手に対して、少し不審に思うものの、そんな小さなこと気にしていられない。

私は立ち尽くす人たちを置いて、出口に向かう。ああ、急いで準備しなくちゃ。これからが私の幸福の時間なのよ。頑張ったわレティシア。

私は自分を褒め称えながら、今後のことを思い描き、馬車に乗り込んだ。

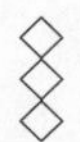

「幸せというのは突然やってくるのよ、リリー」

「頭を打たれましたかお嬢様」

乗り込んだ馬車で待っていた侍女に言うと、胡乱(うろん)げな顔で返された。失礼な物言いをされたが、まあいい。私の機嫌は久しぶりにかなりいい。

「兄様との約束が、ついに果たされたのよ！」

にこりと笑って告げると、リリーは珍しく驚いた顔をする。

「本当ですか？」

「本当よ」

「約束というのは、自由がどうだかなんだかの？」

「そうよ！　自由なの！」

「頭を打たれましたかお嬢様」

「なんでそこに戻るのよ！」

一度は流したが、二度目はそうもいかない。頭は打ってない。強いて不調を挙げるなら、夜会が始まってすぐに退場してしまったので空腹なことぐらいだ。

「信じられませんので」

「ふふん、そうでしょう」

私だってこうなることなどほぼないと思っていたのだ。夢のようだ。夢かもしれない。そう思って頬をつねってみると痛かったので、やはり現実らしい。

夢じゃない！　私はアスタール王国第一王子で王太子でもあるクラーク様との婚約を破棄されたのだ！

私は込み上げてくる笑いを抑えきれない。抑える気もない。そんな私をリリーが気味悪そうな様子で見ている。やはり失礼だがまあそれもいい。

苦節十年。ついに報われた。

十年前——私が七歳になったとき、突然王城に呼ばれ、王子の婚約者となったと告げられてから十年。

地獄の十年だった。地獄になど行く気もないため今後も実物とは比較できないが、あれは地獄に違いない。

御者の「着きました」という声に、思考の海にあった頭を現実に戻し、馬車から降りる。

夜会から直行した場所は、王都にある我がドルマン公爵家の屋敷。悲しいことに、七歳から住まなければいけなくなった、私の現住居だ。

なぜ七歳から住まなければいけなくなったかというと、第一王子の婚約者になったせいだ。それまでのように領地で家庭教師から学ぶということは認められず、王城で専属の教師がつくことを義務づけられたせいで、王都に移住するほかなかったからである。

七歳になる前の私は、自由だった。

ドルマン公爵家当主の父は、初めて生まれた女の子にそれはもう甘く、私は何をしても許された。父が婚約者を決めるのはまだまだ先にしようと考えていたため、特に他の貴族との顔合わせもなく、貴族令嬢としての本格的な勉強は、一般的な貴族子女の教育開始年齢の、十歳になってからと聞かされていた。

それがまさかの七歳で婚約である。

父は泣いた。母は笑みを浮かべた。兄は喜んだ。私はどうだったか覚えていない。

とにかく、そこから一気に私の日常は変わったのである。

何度も言うが、当時の私はまだ教育を施(ほどこ)されていない、甘やかされたご令嬢だった。

突然始まった妃教育。厳しい教師。勝手にびっしりと詰め込まれる毎日の予定。親元から離されて住む大きな屋敷。

泣いた。それはもう泣いた。

教師の意に染まない行動をしたら即座に飛ぶ怒声。響く幼い私の泣き声。遊ぶ時間も当然設けられていないので、気分転換もできず、徐々に機械的にこなすようになっていく自分。こうして思い出してもかなりの地獄絵図だったな、と思う。

そんな状況でも耐えられたのは、兄との約束があったからだ。

婚約してからしばらくして、あまりの妃教育の厳しさに耐えられなかった私は兄にひとつ約束をしてほしいとお願いした。ちなみに兄は私が王都に移り住んでからすぐにやってきて、なぜか一緒に住み始めた。どうせなら父と一緒がよかった。

『クラーク様にお前以外に想う相手ができたら、自由にしていい』

兄も死にそうな顔で日々を耐えている私を哀れに思ったのだろう。頼むから約束してくれと毎日頼み込むこと一年、しぶしぶ頷いた。

そこからはそれだけを目指し頑張った。

いつかきっと私以外に目が行ってくれる日が来るのを願いながら、文句言ってくる奴には内心めちゃくちゃに毒を吐きながらなんとかやってきた。

そしてついに！　今日！　夢にまで見た瞬間が来た！

ありがとうブリっ子。はっきり言ってとてもうざい女というのが第一印象だったけど今はちょっとうざいぐらいに思ってる。ブリブリした女は嫌いだけどあの女なら仲良くなれるかもしれない。いやなれないかもしれない、だってやっぱりうざい。

「レティシアお嬢様？」

強制的に住むことになったこの屋敷。私はようやく離れられるという感動に震えながら、しかし感慨深くなりすぎて、自分で思うより、見つめすぎてしまったようだ。じっと扉の前から動かない私に、侍女のリリーが声をかけてくる。

王都にとどまれない両親の代わりとして、この屋敷に一緒に住んでくれたのは、幼いころから私に仕えてくれている、リリーだった。当然使用人は他にもいたが、物心ついたときから一緒にいるリリーがそばにいてくれるだけで、どれほど心が救われたか。

だが、救うと同時にリリーは地獄も見せてくれた。なぜならリリーは私の教育に妥協を許さなかったからである。家でもリリーという教師がつくことになり、やはり泣いた。

私はリリーの顔を見ながら微笑んだ。

大丈夫よ、リリー。あなたを恨んだりしないわ。なぜなら兄からの指示だというのはわかっているから！

私の笑みの意味がわからなかったらしいリリーは、訝しげに私を見ている。

私は説明する必要も感じなかったので、そのまま扉を開けて中に入った。

「お帰りなさいませ、お嬢様」

使用人が数名私を出迎えに来る。私はそれに返す。

「ただいま戻りました」

そして言った。

「引っ越すわ！」

使用人が驚いた様子で固まった。しばらく待ったが動かず、ずっと黙っていられても困るので、私は再度声をかけた。

「引っ越すわ！」

まったく同じ言葉を繰り返すと、ようやく使用人は口を開いた。

「ひ、引っ越しをなさるのですか？」

「そうよ！　私、クラーク様の婚約者をやめてきたの！」

嬉しさのあまり玄関ホールに響き渡る声量で告げると、使用人はあからさまに慌てだした。

「そんな……そんなことあるわけ……」

「何かの間違いでは？」

「ありえないと思うのですが……」

それぞれ困惑した様子で訴えてくるが、なぜかみんな否定的だ。

「嘘じゃないわ。今日クラーク様はおっぱいはじけるご令嬢を連れてきていたの。彼女が新しい相手なんですって」

言いながら、これぐらいと、手の動きで胸がどれほどあったか表すと、リリーに咎められた。いいじゃない、だって私にはない乳だったんだもの！

「あの胸じゃ勝てないわ」

「お嬢様、胸で勝敗は決まりません」

リリーが宥めるような声音で言う。リリー、私別に傷ついてないわよ！　すこーしばかり羨ましいなとは思うけれども！

「とにかく、私はクラーク様の好みじゃないらしいし、さっき兄様から許可もらったから大丈夫！　早く準備をしましょう！」

使用人は困り顔ながらも、私の命令を聞く。

「どちらに引っ越されるのですか？」

「アベルタ村の屋敷だ」

答えたのは私ではない。

「あら、兄様。お早いお帰りね」

「準備があるからな」

兄はそう言うと、足早に自分の部屋に戻ってしまった。この家で妹と過ごす最後の日なのに冷たい男である。

「アベルタ村かあ……」

今日婚約破棄になる予定ではなかったので、自由になったあとの行き先をはっきり決めていなかった。

アベルタ村。我がドルマン公爵家が治める、自然の豊かな農村だ。川もあり、釣りに嵌った幼い私は何度もそこに行った。うん、移り住むには完璧な条件だ。さすが兄。妹の好みをよくわかっている。

「アベルタ村に行くわ！　明日の朝には発つから準備を急いでね！」

私が使用人に告げると、慌てたように各自散っていった。

私はリリーにそっと近寄ると、自分にできる精一杯の甘える仕草をした。

「ねえリリー……」

「こんな夜中におやつは出しませんよ」

「違う！」

見当違いの回答が来て力強く否定する。おやつが欲しくないわけじゃないけど、今はそれじゃない！

「アベルタはかなり田舎だし、使用人も数人しか連れていかないから、今より質素な暮らしになると思うんだけど、リリー、一緒に来てくれる？」

私のおねだりに、リリーは数度瞬きした。

「もちろん、私はお嬢様と共に行きます」

「リリー！」

私は歓喜のあまり、リリーに抱きついた。

「一生一緒にいて！」

「それは重いです」

振られた……。

◇◇◇

あー、幸せぇ……。

嬉しくて少し涙が出る。幸せをかみしめながら、私は庭の芝生に寝転がっていた。そう、寝転がっている。

嬉しくてごろごろごろごろごろ転がり回る。あー、楽しい！

ごろごろしても叱られない、芝生に寝転べる！　こんなこと王子と婚約してからはできなかった！　最高！

ごろごろ転がっていたらお腹が空いた。

私は起き上がると、芝生だらけの服も気にせず、家にいる侍女に声をかける。

「リリー、魚釣りに行ってくるわ！」

「行ってらっしゃいませ」

リリーは私がクラーク様と婚約していたときは何かと口うるさく言ってきたが、この村に来てからはもう口出ししてこない。なぜなら今の私はもう礼儀正しい令嬢である必要はないからである。

兄との約束のおかげだ。

スキップしながら進んでいたら思ったより早く川に着いた。いそいそ餌をつける。

釣れたら塩焼きにしよう。

大好きな釣りも存分にできてによによしてしまう。

うふふふ、ここに来てからずっと笑っている。まだ二日しか経っていないけれど。

アベルタ村は王都から約一日ほど馬車を走らせたところにある田舎の農村だ。王都のように、ドレスで着飾った淑女も、タキシードを着込む紳士もいない。いるのは動きやすい軽装をした村民だけ。かくいう私も質素なワンピース姿だ。動きやすさが格段に違う。

流行りの服屋もない。少女に人気のラブロマンス小説を置いてる本屋もない。靴磨き屋もないし、あまり馬車が通らないため石畳ではなく、土を固めただけの道だ。喫茶店もない。あるのは小さな雑貨屋と食料品店、牛羊豚鶏、畑、畑、畑、畑、である。つまりほぼ自然しかない。だがそれがいい。

元々私は王妃になど向いていない。昔から走るのは好きだし、口は悪いし、木登りするし、オシャレより自然を愛でるし、口は悪いし、口は悪いし。

なので今この大自然の中にいることはこの上なく私に幸福感を与えてくれた。

七歳から禁止されてたことができるのって素敵……とか思っている間に一匹釣れた。マスだ。塩焼きに最適。持ってきた道具で内臓を取って串に刺して塩をまぶす。枯れ木を集めて火打ち石で火を起こせば完璧。ああ、私のこの野生で生きていけそうな手さばき、我ながら惚れ惚れする。

「楽しそうだな」

突然聞こえた声に顔を上げる。

「クラーク様？」

いつのまにか元婚約者が私の近くに立っていた。

おかしい。こんなど田舎になぜ王族が？　婚約破棄の手続きでもあるんだろうか？　何か手順がおかしかったのだろうか。しかし、私はそういったことにはノータッチだ。諸々のことは兄にお願いしているからそちらに聞いてくれないだろうか。私の幸せ田舎生活満喫中に来るでない！

クラーク様が来た瞬間は、よほどの急用かと思ったが、付き人もほんの数人遠くにいる程度で、重要な訪問には思えない。ここに来た理由はわからないが、本当に大事な用ならもっとぞろぞろ連れてくるはずだ。

私は早々に、大した用でもなさそうだしまあいいかと判断してマスに手を伸ばした。婚約は破棄されているし、この人の行動は私にはどうでもいいことなのである。

「何か御用（ごよう）ですか？」

一応礼儀として訊（たず）ねながら、焼き上がったマスを口に運ぶ。おいしい、素晴らしい焼き加減。さすが私。

「それは昼食か？」

「はい。おいしいですよ」

「自分で釣ったのか？」

「ええ、私釣りと木登りと足の速さには自信があります」

もう食べながらしゃべっても叱られないので口に含んだまましゃべる。あっというまに一匹食べてしまったのでまた餌をつけて魚を釣ることにした。んふふふ、次は何が釣れるかなー？

鼻歌を歌っているときに隣に人の気配を感じた。クラーク様が私の隣に座ったのだ。

魚釣りに夢中で、一瞬この人のこと忘れていた。

なぜ隣に座るのかと訝しく思いながら、クラーク様に声をかける。

「で、何か御用で？」

「いや別に？」

「え？」

用がないのに来たのこの人……。

意味がわからず小首を傾げるも、視線は釣り糸に向けたままにした。大事な獲物を逃してしまうかもしれない。

「君は今生き生きしているな」

「ええ、自由ですもの」

自由ほど素晴らしいものはない。この村に来て改めてそれを痛感した私はしみじみと言った。

「やっぱり君は変わってなかったんだな」

「は？」

疑問の声を出した私は、釣り糸から視線を外し、クラーク様を見た。

「俺がなぜ君と婚約したか知ってるか？」

「いや興味なかったんで知らないです」

その言葉にクラーク様は少し暗い顔をされた。今まで興味がかけらほどもなかったから気づかなかったけどこの人なかなか美形なんだな。

さらさらした金色の髪は風にそよいでいる。すっと通った高い鼻。本当に男性なのかと言いたくなるほど整った肌は、シミひとつない。神聖ささえ漂わせる青い瞳には私が映っていた。うん、いい見た目だ。もしうっかり結婚して孫ができたらかつてこの人の婚約者だったことを自慢しよう。

気づかないうちに見惚れてしまっていたようで、魚が餌に食いついた感覚で現実に戻された。慌てて竿を上げる。が、餌だけ食べられた。残念だが、こうした失敗も釣りの醍醐味だ。私は再び餌をつけて川に投げた。その様子を隣で見ていたクラーク様が口を開いた。

「木から、落ちてきたんだ」

なんの話だったか一瞬忘れてしまったが、少し考えて、どうして婚約したかという話だったと思い至る。しかし、それと今の言葉とのつながりがわからない。

落ちた？　何が？

続きを促すように見つめると、クラーク様は笑いながら語った。

「十年前、ドルマン公爵と一緒に王城に来ていた君は、城の中庭で木登りをしただろう。

そのとき偶然そこを通った俺の上に君が落ちてきたんだ」

昔は父の仕事について王城に行くこともあった。城の中庭にある木がお気に入りで、父が仕事している間よくそこに登って遊んでいたものである。ついでに木の上で寝てしまうこともたびたびあってよく落ちていたのでいつのことを言っているのかわからない。人の上に落ちたっけ？

「驚いている俺の上に乗ったまま、君が笑ったんだ」

今度はアユが釣れた。話を聞きながらささっと処理をする。

「それがとても可愛くて」

串に刺す。

「一目惚れしたから婚約を申し込んだんだ」

「あんたのせいか！」

「今の流れは喜ぶところじゃないだろうか」

「嬉しくない！　そのせいで十年も苦痛の日々を過ごしたんだから！」

怒鳴ってからはっとする。この人は仮にも王子だ。あんまり乱暴な言葉遣いをしていい人ではないし、ましてや怒鳴るなどもってのほかだ。

おそるおそるクラーク様を見ると、にこにこと嬉しそうに笑っている。え？　何がそんなに嬉しいの？

怒鳴った女に、にこにこしているクラーク様を不審に思うも、怒られないならいいかと思い、手に火打石を持った。火を起こして魚を焼く。

「でも君だって婚約が嫌だと俺にははっきり言わないのに、定期的に女性を送ってきてただろう」

「バレてた！」

婚約破棄を狙って何度かハニートラップを仕かけた。巨乳貧乳美尻スレンダーなど様々な美女。でも引っかからなかったから熟女かロリコン趣味かと思ってそれも送った。最近ではためしに男性も送った。でも一度も引っかからなかった。選り好みしやがって！

「あ、ちなみに俺と君、婚約まだ継続中だから」

「は？」

クラーク様は立ち上がってズボンについた砂を払っている。

いや、それより恐ろしい言葉が今聞こえた。

「近々迎えに来るから、それまでのんびりしてくれていい」

「は、はぁ!?」

恐ろしいことを宣言してクラーク様は爽やかに去っていった。

よくわからないけど、何かまずいことになっている！

いくら私でもそれぐらいはわかった。なぜそうなっているのかわからないけど、面倒ごとになりそうなことぐらい察する。

なので、すぐさま屋敷に戻って長年連れ添った侍女に懇願した。

「リリー、駆け落ちしましょう！」

「お嬢様、残念ながら私は女です」

「愛の前では性別なんて！」

「お嬢様、残念ながら私とお嬢様の間に愛がありません」

「冷たい……！」

リリーにすげなく断られて打ちひしがれる。ちらりとリリーを見るも、気にした素振りはない。冷たい。冷たすぎるでしょ、リリー！

「じゃあ何か策を考えてよー！」

「そもそも何に対する策ですか？」

そうだった。帰宅後すぐにリリーにプロポーズしてしまったから、どういうことか説明していない。

「なぜか婚約破棄されてない様子なのよ」

「だから言ったじゃないですか」

「でも本当にあのときの夜会に、見たことないボインでブリブリしたご令嬢と腕を組んで入場してきたのよ！」

「ボインかどうかは知らないですが……何か事情があったのでは？」

「事情って何よ」

「知りません」

「役に立たない……」

そう呟くとじろりと睨まれた。

「う、嘘よリリー！　あなたほど有能な侍女はいないわ！」

「ならいいですが」

慌てて取り繕うと、リリーは不満げながらも、しぶしぶ納得する。

ほっとしていると、部屋の扉をノックする音が聞こえた。

「はい、どうぞ」

そう声をかけると、この小さな屋敷の唯一の老執事が、しずしずと部屋に入ってきた。

「お嬢様、来客です」

「あら、誰？」

私がこの村に来ていることは、まだ村の人間も知らないはずだ。誰にも知られないようにここに来たので心当たりがない。いや、クラーク様には知られていたからあまりその行動も意味がなかったのだろう。

「ナディル坊ちゃまです」

「兄様が？」

二日前に別れたばかりなのにいったいなんの用だろう？　不思議に思うが、私も兄に聞きたいことがある。

「すぐに行きます！」

兄がいた。

「元気にしてるか？」

「兄様！　婚約継続してるって何⁉」

小さい屋敷ながら、腐っても貴族の屋敷。しっかりと存在している応接室で、優雅にお茶を啜（すす）る兄に詰め寄る。

「クラーク殿下が婚約破棄はしないそうだ」

兄に告げられた言葉は、さっき川でクラーク様に言われたのと同じ言葉だ。

「はあ⁉　だってあのとき婚約は、なしって……」

「よく思い出すんだレティシア。あのとき殿下は婚約破棄とはっきり言ったか？」

兄に言われてあのときのことを思い出す。

クラーク様がブリっ子を連れてきて、今日はエスコートできないと言われて、つまりそれは婚約を……？　と聞いたらそういうことだと言われて——言われた、け、ど……？

「婚約破棄とは言ってない……」

「そういうことだ」

「いやどういうこと!?」

「殿下は婚約破棄する気は、始めからなかったってことだよ」

「はぁー!?」

　じゃあなぜブリっ子のエスコートをするって言い始めたのか。

「ヤキモチを焼いてほしかったらしい」

「や、ヤキモチ？」

「嫉妬（しっと）してほしいと」

「いやヤキモチの意味がわからないわけじゃないから」

　わざわざ言い換えて伝えてくる兄に言うと、兄はにやにやした顔をする。

「殿下はお前を好いてるらしい」

「さっきそんなこと言ってた……」

「お前がまったく自分のことを見ないからと試したそうだ」

「試されてもまったくあの人のこと見なかったけど」

　かけらほども興味がなかった。

「そうみたいだな。でも初めてしっかり顔を見てもらったと嬉しそうにしていたぞ」

　さっきの川でのことだろうか。確かに今まで顔も見ていなかった。結婚する気なかったから。

「ん？　なんで今さっきあったことを兄様が知ってるの？」

「クラーク殿下をここに連れてきたのは俺だからだな」

「はー⁉」

だからこんなにすぐに来れたのか！

余計(よけい)なことを、と思い、兄を睨みつけるが、気にした様子はない。

「知ってもらうきっかけは作れたから、好かれるのは結婚してからでいいんだと。ただささっとうちの領地のひとつに引っ込んでしまう行動力に危機感を持ったようで、今準備をしてる」

「なんの準備？」

「結婚式」

「いやあああああ！」

私は頭を抱えて絶望の声を出した。最悪の展開だ。逃げられたと思ったのに！

このままではまた私は釣りもできず、芝生で寝そべることもできず、駆け回ることもできない生活に逆戻りだ！

「兄様なんとかして！」

「無理」

「そこをなんとか！」

「いやあああああ！」

絶叫する私を兄は楽しそうに見る。兄にとっては好ましい展開なのだろう。王家と関わりを持って出世するのが兄の昔からの夢だ。

「無理」

「ちょっと……私のこと無視するのいい加減やめなさいよ……」

私が打ちひしがれていると女性の声がした。声のほうを見ると兄の正面に座った女性がいる。

「ああ、忘れていた。レティシアに会いたいと言うから連れてきたんだった」

「普通忘れる!?」

兄にかみつく女性には見覚えがある。

「ブリ……ブリ……ブリっ子さん！」

「ブリアナよ！」

私にしっかりと自分の名前を伝えてくる彼女には、前に見たときのような男に媚びを売る様子が見られない。

「ブリっ子さん。今日はブリブリ成分ないの？」

「ブリアナよ！」

「ブリっ子やめたの？」

「もうやめたわよ！」

え、やめたの？

私がびっくりしているとブリっ子は続ける。

「王子のほうから近寄ってきたからいけるのかなと思ったら王子はあんたにべた惚れじゃない。私ただの当て馬よ。ふざけんじゃないわよ！」

彼女は拳を握りしめる。

「しかも、騒動を起こしたお仕置きってことでなぜか私が妃教育受けてるんだけど！　意味わからないし本当にきついし何あれ！　あくびとかうっかり出たら怒られるって何⁉　あくびぐらい人間するだろうが！」

「するわよね」

「あんたならわかってくれると思ってた！」

同意すると彼女は私の手を握ってきた。同志ということだろうか。

「あんたすごいわ。あれに十年耐えたの？　私無理。一日でギブアップ」

「あきらめずもうひと頑張り！」

「無理！」

「頑張れば王太子妃になれるかも！」

「絶対なれないから！　だって王子があんた以外と結婚するなら絶対子供作らないって宣言しちゃってるもの」

な、なんだって⁉

兄を見ると楽しそうに笑っている。

「殿下はお前以外と結婚する気はないらしい。あきらめるんだな」

「いやあああああ！」

私の平穏を返して！

◇◇◇

逃げればいいじゃない。

そう思ったあとの私がする行動はひとつだけ。昼に聞いた兄の話に絶望していたけど、逃げればいいだけだ。

幸いここはうちの持っている領地の中でも端っこのあまり監視されていない田舎だ。今までは王都の要塞（ようさい）のような屋敷に無理やり住まわされ、逃げようにも使用人が幾人もいて、行く手を阻（はば）まれた。

でもここならいける！

私は必要最小限の荷物と多めの現金をカバンに詰める。世間知らずの令嬢である私も、無一文で逃げてどうにかできると思うほど、さすがに阿呆（あほう）ではない。先立つものは金だ。間違いない。ちなみになぜ金の用意があったかというと、いつでも家出できるように常に隠し持っていたからだ。

よし、と気合を入れる。私なら平民生活もやっていける。むしろ合っているかもしれない。女漁師になろう。そうしよう。

準備を終えると窓に手をかける。玄関から出たら誰かに見つかるかもしれない。家出って言ったら窓からと相場は決まっている。

窓を開けカバンを持ち、そのまま飛び降りた。二階からだったから多少足がじーんとしびれるが問題ない。さあ走って逃走！

「いや逃がさないわよ」

走ろうとした私の服の裾が踏んづけられて足がもつれた。顔面から地面に衝突する。衝撃に目がちかちかする。

「あんたが逃げたら私が妃教育から逃げられないじゃない」

私を転ばせた犯人のブリっ子は、まだ裾を踏んでいる。下から見るとたゆんとした胸がより強調されている。

「昼間は大変だねって共感してくれてたじゃない！」

「共感はするけど逃がしてあげることはできないの」

「ひどい！　ほんの少しだけ仲良くできるかと思ったり思わなかったりしたのに！」

「それ思ってないってことじゃないの！」

踏まれている裾を引っ張ってなんとか引っこ抜こうと試みるもびくともしない。なんという脚力！

「あんたが戻ったら妃教育はなしにしてくれるって話なのよ。絶対逃がさないわよ」

なるほど、兄についてきたのは元々私を逃がさないようにするためだったのか。

「まあまあ見逃して」

「それで誰が見逃すか！」

「私の身代わりになれば晴れて国母！　やったね！」

「もうそれはあきらめたって言ってんでしょ！」

うーん、なかなか折れてくれない。というか全力で足を退けようとしてるんだけど全然動かない。本当にすごい力だな！　隠れマッチョか！

あれこれしている間に、もう一人増えた。

「レティシア、夜中にうるさい」

「兄様、このブリっ子どうにかして！」

「ブリアナだってば！」

ブリっ子と呼ばれると必ず丁寧に訂正してくるブリっ子は、兄が来ても足を退ける様子はない。それはそうだ、二人は共犯なのだから。

私は必死に小さな脳細胞を活動させる。何か、何か手があるはずだ。徐々に額に垂れてくる冷や汗を不快に思いながら、知恵を絞った。でもいい案は思い浮かばない。兄が近づいてきた。兄に捕まったら確実に終わりだ。

私は仕方ないと思い、唯一思い浮かんだ馬鹿な案を口にした。

「私を逃がしてくれたら兄様と結婚させてあげる！」

自棄だと思いながら叫ぶと、私の裾を踏んでいる足の力を少し緩めながら、ブリっ子がこちらを見た。

「なんですって？」

……これは、いける！

「公爵家嫡男、二十二歳、頭脳優秀、運動神経ばっちり、高身長でなかなかの美丈夫。将来は約束されていると言っても過言ではない！　多少性格には難ありだけれども、それにさえ目を瞑れば好物件間違いなし！　どう!?」

「乗った！」

ブリっ子の足が外れる。ブリっ子はそのまま後ろを振り返ると、じりじりと兄に近寄っていく。私は立ち上がり、額の汗を拭った。

「ありがとう、あなたたちのことは忘れない。兄様、ラブラブで過ごすのですよ」

「お、おい、レティシア」

「自由よー！」

叫ぶが早いか駆けだす。後ろから兄の叫び声が聞こえるが気にしない。ブリっ子、結婚に持ち込みたいなら既成事実が一番手っ取り早いから頑張ってね！

たったった、と軽快に駆けていく。

ああ、これで私は何にも縛られず、生きていける……！

喜びに涙が出そうになるが、なんとか堪えながら走る。

が、急に後ろから伸びた腕にお腹を抱えられる。

勢いをつけて走っていたため腕が腹にめり込み、戻しそうになった。

兄が追いついてきたのか？

そう思いながらおえっとした口から手を離すと、後ろには破棄できなかった婚約者様がいた。

「レティ」

暗闇の中で見る美形の笑顔って不気味だな、としみじみ思ってしまった。

クラーク様は私の耳元に口を寄せる。

「結婚式のドレスは白は基本として、お色直しの色はどれにしようか」

それ今する話じゃないと思う。

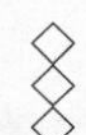

「離してえええええええ！」

精一杯大声で叫んで抵抗するが、大した妨害にもならないようで私は肩に担がれている。

結局屋敷に連れ戻され、驚愕している屋敷の者に、クラーク様は微笑みながら、引っ越しの指示をした。

二日前ここに引っ越しして、まさかの今日またお引っ越し。

それはあんまりだ。あんまりだ！　あと使用人がかわいそう！　そう抗議するが、聞く耳持たず、淡々と引っ越し準備が行われている。

「し、しばらくは自由にしてていいって言ったのにー！」

「しばらく自由にさせただろう？」

あなたのしばらくと私のしばらくには大きな隔(へだ)たりがあるようだ！

「降ろしてー！」

「降ろしたら逃げるだろう」

「じゃあ持ち方変えて！」

「変えたら暴れるだろう」

そうだけど！　そうだけれども！

さっきからこの押し問答(もんどう)を繰り返し、結局この姿勢のままだ。

「うん、じゃあ行こうか」

指示が終わったらしいクラーク様は、私にそう言うと、私を降ろすでもなく、そのまま玄関まで歩いていく。

どこに行く気!?

使用人が玄関の扉を開くと、ボロボロになった兄とブリっ子がいた。あんな兄を見るの初めてだ。ブリっ子何したんだろ……。

相当消耗した様子で、兄はクラーク様に言った。

「馬車はこちらを。あとはお任せください」

お任せされたくない！　お任せされたくない！

最後の悪あがきにバタバタ手足を暴れさせるが、ちっともこたえていない。こんなことなら、もっと筋肉を鍛えておくんだった！

「リ、リリーも一緒に……」

「だめだ」

せめてもの主張は兄にあっけなく却下された。

「彼女とお前は付き合いが長すぎる。情に流されて手助けされたら困るからな。だめだ」

「あ、悪魔！」

「好きに言え」

兄は暴れる私を押さえつけ、馬車に乗せた。すぐあとにクラーク様も乗ってくると、少しのまもなく、馬車の扉に鍵をかけられた。

閉められた扉を開けようとするが、当然びくともしない。兄が笑っているのが扉の窓から見えた。ブリっ子は疲れ果てており、げっそりしている。私と目が合うと静かに顔を横に振った。本当、何があったんだろう……。

窓の外にリリーを見つけ、必死に手を振ると、リリーも手を振り返した。違う、リリー、助けてほしくて手を振っているのよ！

手を振るリリーが何か言っているのがわかる。なんだろうと思ってゆっくり唇を見る。

お、し、あ、わ、せ、に、ってリリー！　違う！　そういう花嫁を送り出すような言葉が欲しいんじゃないのよー！

私の思いは届かず、馬車は走りだした。

馬車に二人で閉じ込められた。

いつにない緊張感で手に汗がにじむ。

なぜこんな状況に……。

思わず遠い目をしながら窓を見てしまう。

馬車は順調に王都に向かっている。つい二日前に見た道だ。覚えている。あの夜会の翌朝出発して、昨日は疲れたから一日休んで、そして今日田舎暮らしを満喫し始めたところだったのに。

今日は幸せだったのに。

思わず目に涙が浮かぶ。

リリー、幸せは突然来るけど、突然奪われるものなのよ。

私はひとつまた学び、視線を目の前に座る美丈夫に移す。

長い足を組んでこちらを穏やかな顔で見つめるクラーク様は、思わずほう、と吐息が漏れてしまいそうなほど、麗しい。明かりは馬車の薄暗いランプだけだが、その暗さが彼をより色っぽく見せている。

「嫌いになった？」

「は？」

「こんなふうに君を連れていく俺を嫌いになった？」

喜ばれる連れ去り方をしていない自覚はあるのだなと思いながら、私は相手に向かって言った。しぶしぶだ。

「いいえ」

嘘ではない。嫌いではない。ただ好きでもないというだけだ。

ちらりと相手を見るととても嬉しそうに微笑んでいる。あれ？　勘違いされている？　嫌いじゃないって言っただけで、好きだとは言ってない！

慌てて勘違いを訂正しようと思い、相手の顔を真正面から見る。ランプに照らされた顔が、こちらを見て微笑んでいる。艶っぽいその表情に、胸が締めつけられ、抗議の声は喉の奥に押しやられた。

もう散々見慣れた顔のはずなのにこんなにときめくなんておかしいな……。

まるで初めて見る男性のようで落ち着かない。今まで何度も会話し、ダンスだってしてきたのに。

「少しは意識してくれているのかな」

必死に気をそらそうとしている私に気づいたのか、クラーク様が話しかけてきた。

「な、何を……？」

「俺のことを、意識してくれているのかな、と」

首を傾げながら言われ、私は唾を飲み込んだ。

「い、意識も何も……」

「でも、ようやく俺を男として認識してくれているだろう？」

その問いに、思わず息を呑んでしまう。

確かに今までクラーク様を男として認識したことはなかった。ただ、婚約者として存在していて、だけれど、私の中ではそれだけだった。一人の人間に対して失礼だろうが、しっかりと、人として見たことはなかった。

私ってもしかしてなかなかひどい奴なのか？

自分の嫌な部分を覗いてしまい、少しショックを受けていると、心配したクラーク様がこちらに寄ってきた。

気づいたときには隣に座られてしまっていた。

そっと膝に置いていた手を握られて、ぴくりと肩が跳ねた。

「どうかした？」

「あああああ、あの」

「うん？」

首を傾げた瞬間、ふわり、となんとも言い難い、いい匂いがした。男の人もこんな匂いするものなの⁉

「ちちちちち、近いです！」

「そうか？」

「はい！」

しっかりと言ったのに離れてくれる気配がない。なぜだ、どうしてだ！

変わらぬ柔らかな瞳で見つめられ、動揺してしまう。

今気づいた。男性にダンス以外で手を握られたのって初めてだ！　こんなに近くに座られるのも初めてだ！

異性との初めての接近と接触に心臓が痛いぐらい脈打つのがわかった。

「あああああ、あの！」

「うん」

「は、離れて……」

消え入りそうな小さな声になってしまい、自分の動揺が手に取るようにわかった。相手にも伝わっているだろうに、クラーク様は嬉しそうに微笑むだけで離れてはくれない。

「嬉しいな」

「へ？」

優しい声音で言われたことの意味がわからず、間抜けな声を出す。

「ようやく、こうして、目を合わせて話ができる……」

本当に嬉しそうな声で、思わず心臓が鷲摑みにされたような痛みを覚えた。

「い、今までも、目を合わせて話してました、よ？」

「うん。でも会話も気持ちがこもっていなかったし、そもそも俺をきちんと認識していなかっただろう？」

バレている。

私はさっきの胸のときめきも忘れ、冷や汗を出した。

「も、申し訳ありません……」

「うん、いいよ」

クラーク様は罪悪感で死にそうな私の頭を撫でると、顔を近づけてきた。頰にちゅっと可愛いリップ音が聞こえ、状況を把握し、頰を押さえる。

私の顔は真っ赤だろう。

「な、な……？」

「着くまでまだ時間がかかるから」

「は、は？」

「じゃあ、そろそろ休もう」

馬車に用意してあった毛布を私と自分にかけると、クラーク様はまた私の頭を撫でた。

そう言って目を瞑ってしまう。私は未だ口づけられた頬を押さえしばし呆然(ぼうぜん)としていたが、ふと我に返った。

「ね、眠れるかー！」

隣で毛布に包まれたクラーク様がくすくす笑った。

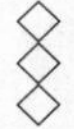

連れ戻された。

寝不足でよく働かない頭で外を確認する。馬車が到着したのは見覚えのある場所だ。ただ残念なことに、王都にある我が屋敷ではない。

「なぜ王城……？」

「いろいろあって。式の準備ももう少しだから」

「そんなあ」

絶望でしくしく泣いている私の隣に腰かけたクラーク様が私の膝を撫でる。おい、どさくさに紛れてセクハラするな！

「レティ、そんなに泣いたら君の可愛い顔が台なしだよ」

あなたの行動が泣かせてるんだ！

「帰りたい……」

「それは無理かな」

ごめんねと私の頭を撫でてくる。ごめんねじゃない。帰せ。

夢の田舎生活！　と思っていたところに、無理やり連れ帰られ、着いた場所は王城なんて、絶望しかない。

しくしく泣いたままの私の手を引いてクラーク様は歩く。どこ行くんだ、まさか着いて早々結婚式？　いや、まだ準備はできてないって言ってたよね？

どういう展開になるか予測できないため必死に抵抗するも、難なく引きずられてしまった。決めた！　今度から走り込みする！

なんとなく自分が王城に連れ戻されたという事実を認めるのが嫌で、地面ばかり見ていると、クラーク様から声がかかる。

「レティ、顔を上げてごらん」

言われて仕方なく顔を上げる。目の前に広がる光景に、口をぽかんと開けてしまった。

「か……」

「うん」

「川がある……」

城の中庭に小さい川が流れている。その中には魚が泳いでいるのが見える。

以前、ここに来たときにはなかったものだ。

「作っちゃった」

金にもの言わせやがった……！

さすが最高権力者王族！　と思うも、嫌な気はしない。

短期間でこんな見事に作れるものなのかと、私は川を覗き込んだ。魚がぴちゃりと跳ねた。

「君は川が好きだろう。ここなら釣りもできる」

確かに川は好きだ。釣りは好きだ。大好きだ。

私の趣味を知っていることに驚く。でも確か夜会で大声で叫んだな、と思い至った。ちなみに私はクラーク様の趣味は存じ上げない。

「ね、今後は好きなときに好きなことをしていい。外交はしてもらうことはあるけど、でもそんなにあるもんじゃないよ。妃教育も、もうほぼ完璧だから、終了しよう」

びっくりして川から視線をクラーク様に向ける。

「それは、無理では？」

「大丈夫大丈夫」

「いや、でも好きなことしていい王妃なんて」

「母もだいぶ好きにしているけれど」

確かに王妃様は結構自由人だ。国民に悟られないようにはしているけれど、たびたびお忍びで城下街に遊びに出かけているのを知っている。

しかし本当にそんな自由はあるのだろうか。妃教育の厳しさを知っている分、疑ってしまう。私の気持ちが伝わったのだろう。クラーク様が安心させるように笑みを浮かべる。

「大丈夫、文句は言わせないよ。ちゃんと許可してもらってるから」

「誰に？」

「国王陛下」

「ひええ」

思わず間の抜けた声が出た。

「レティ以外とは結婚しないから、レティが逃げ出すようなことしたら子供望めないかもねってみんなに言ったらあっさり納得してくれたよ」

人はそれを脅しと言う。

「だから結婚しよう。悪い話じゃない。下手な貴族の嫁になるより楽なぐらいの、のびのびした暮らしができる。どうせいつか誰かと結婚させられてしまうならこの優良物件と結婚しよう」

不良債権と言ったのを根に持たれている。

近づいてくる男の顔を見る。綺麗な澄んだ青い瞳。金の髪がさらさらと風にそよぐのを見て、なるほど、確かに王子様だな、とよくわからない納得をしてしまった。

「でも絆されないから！」

近づく唇をすんでのところで押さえる。恨みがましい目をされたがそんな顔されるいわれはない。むしろその顔をしたいのは私だ。

「……どこに不満が？」

クラーク様の口を塞いでいた手を外される。

「王族に嫁ぐことが不満」

厳しい妃教育をこなす中での唯一の希望は、いつか婚約破棄されることだった。それが私を王子の婚約者にした王宮の人間と兄に対する最大の復讐になると思ったのだ。だから実は王妃になれば自由だよと言われても、私としては呑み込めない。長年の恨みはそうそうなくなるものではない。

ここで受け入れたら私の長年ため込んできた鬱々とした気持ちのやり場がなくなるではないか！

昔を思い出したら腹が立ってきた。

むすっとした私を見て、クラーク様が困った顔をする。まるで小さい子供のわがままに付き合うようなその表情が私をますますイラつかせた。

「それればかりは我慢してもらうしかない」

「いや」

あきらめず首を振る私にクラーク様はため息を漏らす。

「レティシア、残念だよ」

クラーク様はそう言うと私を抱き上げて王城の中に戻る。

嫌な予感しかしない。

「降ろして！」

馬車の中では近づかれるとときめいてしまったりしたが、今は明らかにこの胸のどきどきはそれではないとわかる。だって冷や汗出てる。

精一杯腕の中で暴れるが全然歯が立たない。悔しい！

そのまま王城の奥まった一室に連れていかれる。

「レティ、式の準備がしっかり調うまでここにいておくれ」

クラーク様は綺麗な顔でにこりと笑うと無情にも扉を閉めた。

すぐに私は扉を開けようとする。

「あ、開かない……！」

ドルマン公爵令嬢レティシア、十七歳。生まれて初めて閉じ込められた。

王城の一室に監禁されたまま一晩経ってしまった。

室内はベッド、テーブル、浴室、トイレ、洗面台、と必要なものがある程度そろっている。実に監禁に適した設備である。

ちなみに扉はもちろん外側からしか開かないようになっていた。ますます監禁に合う部屋だ。それ用に作ったのではなかろうなと疑ってしまったが、それを訊ねることはしない。なぜなら正解だと言われるのが怖いからだ。

出口はないかとあれこれ調べたが、見つからなかった。睡眠不足もあって、早めにあきらめて風呂に入って眠った。疲れていたせいでこんな状況でもぐっすり眠れ、今頭は冴えている。

私はベッドから起き上がると寝間着から部屋着に着替える。ちなみに服まで律儀に用意してあった。始めからこうするつもりだったんじゃないだろうかと思うほどの用意周到さに感心すらしてしまう。服のサイズがぴったりなのはどうしてなのか聞いたら野暮だろうか。

コンコン、とノックの音がした。

「奥様、お目覚めですか」

「奥様じゃありません」

「失礼しました。レティシア様。朝食をお持ちしました」

そう言うと、朝食を持って、私と同じ年ぐらいに見える、若い侍女が室内に入ってきた。

「さあ、冷めないうちにどうぞ」

侍女がテーブルに広げた朝食を見ると、途端に空腹に襲われた。別にここで反抗する気はないので大人しく席に着く。

私が食べているのを侍女がじっと見るので気まずいが、王城の食事はとてもおいしく、あっというまに平(たい)らげてしまった。ここにいる間毎日あれが食べられるのだろうかと、少し気持ちが揺らいだのはきっと気のせいだ。

「ごちそうさまでした」

「ではお下げします」

侍女はテキパキと片づけをすると、そのまま下がろうとする。食器を載せたカートを押しながら、彼女が扉をトントン、と叩くと、扉がゆっくり開いた。

「ごめんなさい！」

私はそう声をかけて侍女に後ろから体当たりした。侍女はバランスを崩し、前のめりに倒れ込んだ。思ったより豪快に倒れた侍女を見て、罪悪感が湧く。

「ごめん、本当にごめん、あなたに恨みはないけど、私は自由が欲しいの！」

申し訳ない気持ちを押し込めて、私は薄く開いた扉を大きく開けて駆けだした。

軽快に走る私に下仕えの人たちが何事かと目を瞠(みは)る。

たたたと走りながら私は今城のどのあたりか見当がつき始めた。伊達(だて)に十年この城に通っていない。いざというときのために城の構造は把握していた。

レティシア、あなたの十年は無駄(むだ)ではなかった！

私は自分で自分のことを褒めながら、廊下の窓から身を乗り出すと、窓のすぐそばにある木に飛び移った。

脱出成功！

によによしていた私に今一番聞きたくない声が聞こえた。

「――レティシア？」

下から聞こえた声に、おそるおそる目線を下げる。

「ひっ」

なぜ、クラーク様がここに⁉

戸惑う私などどこ吹く風、相変わらず爽やかなクラーク様は素敵な笑顔で告げる。

「俺も伊達に十年君を見ていない」

大体の行動パターンは把握できているという男に、私は恐怖する。

下でただただ笑いながら私が降りてくるのを待っているクラーク様。木を揺らすでもなく、誰かに降ろすよう指示するわけでもない。

木の上から他に活路はないか探すが、一番近い木も飛び移るには心もとない距離だし、地面に飛び降りられる高さでもない。どうすることもできず、クラーク様を睨むと、クラーク様は面白そうに私を見つめた。

「こうしていると、出会った日のことを思い出すな」

「思い出しませんけど？」

嬉しそうに私を見て言うクラーク様に言い返すと、声を出して笑われた。

出会ったときは木から落ちてきたんであって、こんな木にしがみついた猿みたいな状態じゃなかったでしょうよ！　……いやもしかしてそんな状況だったの？　もしかして猿状態の私に惚れたとかいうんじゃないでしょうね！

しばらく木の上と下で睨み合いをしていたが、力尽きた私は木にしがみついたまま、ずるずると落ちていく。

落ちたあともクラーク様の顔を見たくなくて、木にしがみついている。さしずめ私は大きなセミ。

「レティシア」

後ろからそのまま抱き起こされる。ああ、私の抵抗は無駄だった……。

そのまま横抱きにされる。

顔を覗き込むようにされて、恐怖で体が震えた。

「レティには逃げ道がないって、もっとはっきりわからせなきゃいけないね」

怖いことをささやかれた。

「助けてぇぇぇぇ」

抱きかかえられながら泣く私と、嬉しそうなクラーク様を、王城の人々が生温かい目で見つめてくる。

いや、助けろ！

戻ってきてしまった。

「はあ悲しい……」

備えつけのソファで悲しみに暮れる私に侍女が触らないようにしてくれている。そっと淹れたての紅茶を口に運ぶ。

「おいしい」

「嬉しいです」

侍女がにこにこと対応してくれる。

「さっきは突進してごめんね。痛いところない？」

「はい。絨毯の上に転んだので」

この侍女は私がさっき自らぶつかっていった侍女だ。一応ふかふか絨毯の上に倒れるよう計算して向かっていったけど、本当に無事かどうかは本人にしかわからない。少なくとも私自身がぶつかった部分は痛いんじゃないだろうか。申し訳ない気持ちになる。

「本当にごめんなさいね。あなたに恨みも何もないのに逃げたいがために痛い思いをさせてしまって……」

「そんなに何度も謝っていただかなくても、本当に大丈夫ですよ」

そう言ってぴょんぴょん飛び跳ねる姿は可愛い。可愛い。

ほっこりした気持ちになりながら訊ねる。

「あなた何歳？」

「十七です」

「私と身長同じぐらいよね」

「並んだ感じそうですね」

「体型も同じね」

「最近やっと痩せられたんです」

「髪色も同じね」

「おそろいですね」

「瞳も同じ色ね」

「…………」

軽快に返事してくれていたのに急に口ごもられた。

侍女は意を決したように口を開く。

「何か考えてます？」

「素敵なことを」

「絶対素敵じゃないですよね！」

「大丈夫、ちょっと静かにして私の服着てくれればいいから」

「ほら素敵なことじゃない！」

ぎゃーぎゃー騒ぐ侍女に近づく。

「大丈夫大丈夫、大人しくさえしてくれていたら……ね？」

「ね？　じゃないです！」

手をわきわきさせながら動かすと途端にあとずさる侍女。

じりじりと睨み合いをする。

「いいじゃない。身代わりの一度や二度」

「よくないです！」

「うまくいけばそのまま王子に見初められるかも！」

「絶対ないです！」

「でもほら私に似てるし」

「髪や瞳の色とかが一緒なだけで、かけらも似てないですよ！」

「髪や瞳の色が似てればそれだけで十分じゃない。他にどこで人を判断してるの？」

「まさか髪や瞳の色で人のこと判断してるんですか!?」

「顔を覚えるの苦手で……」

「覚えて！」

「あ、ところで名前なんて言うの？」

「マリアです！」

会話をしながらも、じりじりとにじり寄っていく。マリア、名前も可愛いわねこの子。

「誰かー！　誰か助けてー！」

マリアは扉をバンバン叩き始めた。

「あ、まだ何もしてないのに！」

「これからされるんでしょう!?」

「そうだけど！」

「ほらー！」

涙目になりながらやめることなく扉を叩き続ける。頑丈な扉だから手が痛そうだ。

「あきらめたら楽よ」

「いやです！」

「まあまあ、ちょっと気楽に考えて」

「無理です！」

意外と強情なマリアに近寄って扉から引きはがそうと思うが、扉の取っ手を握って離さない。

「ちょっと、ほんの少しだから」

「そのほんの少しで私の人生が終わる！」

「大丈夫、軽く物事考えましょ？　ね？」

「いやいやいや無理無理無理」

意外と強情。しかも意外と力持ち。火事場の馬鹿力というやつだろうか。

「いやあー！　助けてえー！」

マリアがひときわ大きく声を張り上げる。発声力！　発声力すごい！　耳が痛い！

「ぶっ」

扉が開き、ドアにすがっていたマリアは顔を強かに打ちつけ、そんなマリアにすがっていた私もマリアと一緒にふかふか絨毯に倒れ込んだ。

「何をやっているのかな？　レティ」

ひえええええ。

笑顔で訊ねてくるのが怖くて震えていると、復活したマリアがクラーク様に訴えた。

「助けてください！」

「レティは何をしようとしたんだい？」

「私を身代わりにしようとしました！　同い年で背格好が似てて髪色なども似てるからって！」

すべて告げ口された。

「レティ？」

「ひえ」

笑顔、笑顔が怖いんだったら！

「なぜ彼女が身代わりになると？」

「え、えっと、クラーク様は私に一目惚れしたらしいから、私に似た人が見つかれば、それでなんとかなるかなー、とか、思ったり、しま、して……」

言葉がしぼんでしまった。だってしゃべるほどにクラーク様のこめかみがぴくぴくしてくるんだもの。

　クラーク様は爽やかに微笑むと口を開く。

「そうか、レティ、君に俺の想いは伝わっていなかったんだね」

「い、いいえ、そうではなく……」

「今から俺が君のどこが好きか話してあげよう。じっくりと、しっかりと」

「け、結構です」

「何時間あれば語り尽くせるかな？」

「結構です！」

　ぱっと顔を上げて退路を探すと、しっかりと重たい扉は閉ざされている。

　ついでにマリアもいない。に、逃げられた！

「さ、二人っきりで、仲良く語り合おうじゃないか」

「い、いやあああああ！」

　私の絶叫などないものにされたまま、クラーク様に抱きしめられた。

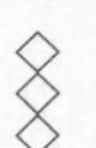

　やっと解放された。

　ソファにぐったりと横たわりながら外を見るとすっかり日が暮れている。

クラーク様はあのあと延々と、ええそれはもう延々と私のどこが好きかどこが魅力的か存分に語ってくれ、夕食時までに終わらなかったからそのままここで夕食を召し上がり、そのあとは今度は口説くように目が綺麗だ耳が綺麗だだの心臓に大層悪いことをささやきそのうち満足したようで帰っていった。

なんなんだ。本当に私に惚れていたのか。

私が逃げ出すまでそんな素振りなかったじゃないかと思ったが、実はきちんと以前から口説いていたらしい。

全然記憶にないけど、妃教育の合間に毎日必ずあったクラーク様とのお茶の時間に口説いてたらしい。興味なかったから話一切聞いてなかった。適当に相槌だけ打ってた。

そう言ったら悲しそうな顔をしていたけど、あのころは早く昔みたいな暮らしに戻るにはどうしたらいいかしか考えてなくて、そのためにはどう婚約を破棄してもらうかということしか頭になかったのだから仕方ないと思う。

「ね、仕方ないわよね。そう思うでしょ」

「いえ、普通に王太子様がかわいそうだと思います」

マリアに同意を求めたら即座に否定された。

ちなみにマリアは夕食の配膳のときに戻ってきた。お仕事だから抜けちゃいけないんだって。侍女って大変だね。

「十年間毎日口説かれてスルーってすごいことですけど」

「だってあー何かしゃべってるなーと思って内容何も頭に入れてなかったから」

「本当に王太子様に興味なかったんですね」

「あのころから興味あるのは自由だけよ」

「いっそ潔いですね」

「ありがとう」

お礼を言うと微妙な顔をされた。わかってる、褒めてないんでしょわかってる！

「奥様のお兄様から何か王太子様について言われていなかったんですか？」

「いや、王子は今日もお前のこと大好きだって言ってるって言われてたけど、どうせ結婚させたくて言ってるんだろうと思ってたからそれも聞き流してた」

「…………」

マリア、無言でこっち見るのやめてほしい。

「私、ちょっと奥様のことかわいそうだな、と思ってたんですけど、今は自業自得かなと思ってます」

「なんで？　私かわいそうでしょ？　哀れでしょ？　ちゃんと同情して」

「いえ、自業自得です」

「そりゃちょっと悪かったけど、でも監禁はもっと悪いでしょ！」

「話を聞いた限りでは今はなんとも言えません」

「だってほら、普通監禁の前にいろいろあるでしょ！　愛をささやいたり、愛情を伝えたりとかいろいろ……いろいろ……」

あ、って顔したらマリアが指摘してくる。

「ささやいてましたよね、王太子様」

「……ささやかれてたわね」

「愛情思いっきり伝えてましたよね」

「………そうみたいね」

「で、どうにもならないし、逃げるから逃げられないようにしてみたと」

「……………そうね」

思わず頷いてしまったが違う違う！

「いやそこで監禁なのがおかしいの！　確かに王子どうでもよくて婚約破棄しか頭になくて会話もままならなくて、あれだけど、ほら、きっと他に手はあったでしょ！」

きっとこの状況以外の手があったはずだ。何か私の関心を向けられるもの……ある……はず、だよね……？

同意が欲しくてマリアを見上げるも、マリアは首を横に振る。

「いろいろな手はきっと尽くしたのではないでしょうか」

「そんなこと、きっと、ない……わよね？」

「いえ私は知りません」

冷たい。

「さっきまであんなに優しかったのに、どうしてこんなに私に厳しくなったの？」

「いえ、だって、私十七で恋に恋するお年頃なんです。だから王太子様の恋を応援したくなったんです」

「え、いやなんで？」

「哀れすぎて」

「私も十分哀れだよね？」

「私からするとあんまり」

「ひどい！」

しくしく泣き真似してちらりとマリアを見るも、無言で見つめられた。泣き真似バレてた。私は泣き真似をやめて顔を上げる。

「じゃあもう私が悪いんでもいいから、その奥様やめない？」

「奥様は奥様です」

「まだ結婚してない」

「結婚したら王太子妃様とお呼びすることになるので、それまでは奥様ということに決めたんです」

「誰が？」

「王太子様が」

「ほらやっぱりクラーク様じゃない！」

バンっとテーブルを叩く。

マリアはそんな私を気にするでもなく、壁にかかっている時計を確認すると、私に礼をする。

「では奥様、私はそろそろ下がります。ゆっくりお休みくだささい」

「奥様じゃない」

「おやすみなさいませ」

「おやすみなさい……」

奥様を訂正してくれず、そのまま部屋を出ていってしまった。

なんでみんなクラーク様の味方なの？　私味方ゼロでずるくない？

ふう、とため息をつきながら窓を見る。暗闇の中きらめく星々とその中でも一層きらめく月が見えた。

「満月かあ」

そう呟いて視線を室内に戻す。

あれ？

きょろきょろ周りを見回す。

「私、今一人きり……」

室内に見張りがいない。

「逃げられるじゃない！」

そう言うと私はすぐに行動を起こす。まず窓のそばに誰もいないのを確認。部屋にあった分厚い本を確保。寝間着にそれを包んで、ぶんぶん振り回す。

うん、いける！

私はそれを窓に振り下ろした。

ガシャーンと音がして窓が割れる。急いでそこから身を乗り出す。早くしないと兵士が来てしまう！

窓から脱出成功。

ひらひらした部屋着なので走りにくいのは仕方ない。それでも全力で走って城外への出口を目指す。

「ふふふ、自由だわー！」

叫んだらお腹のあたりに腕が回り、後ろから抱きしめられた。腕がお腹にめり込んで戻しそうになる。

おえ、となる口を押さえながら、この感じ覚えがあるなと、おそるおそる振り返る。

「レティ」

予想通りの人物で、ですよね、と思いながら顔を引きつらせる。

暗闇の中で見る美形の笑顔ってやっぱり怖いな、としみじみ思ってしまった。

クラーク様は私の耳元に口を寄せる。

「ウェディングドレスに合わせる首飾りはダイヤと真珠どっちがいい？」

それ今する話じゃないと思う。

こういう部屋ってあと何室あるのかな。

窓の外を眺めながらたそがれる。ちなみに窓は人が通れないほど小さい。前回のことを鑑みてここに移動になったらしい。ひどい。

ため息をつく私を気遣うこともなく、マリアはカップに紅茶を注ぐ。

「いくつかあるようですよ。大昔は王族に逆らう貴族やらなんやらが大勢いたので用意したらしいです。現在は使用していないそうですが」

「……いわくつきってことじゃないのそれ」

「一応部屋で誰かが死ぬことはなかったらしいですよ」

「それ、部屋以外ではお亡くなりになってるってことなんじゃ……」

いけないいけないそれを考えてはいけない！　考えたらこの王城が幽霊ハウスになってしまう！

「何それ楽しそう」

他人事のように笑ってブリっ子は焼き菓子を口に入れる。それ私のなんだけど。

「そもそもあんたなんでいるの？」

「閉じ込められた次期王太子妃の話相手に抜擢されたから」

「何それいらない帰って」

「雇われてるから時間にならないと帰れない」

「お金もらってんの⁉　こんなくだらない役割で⁉　税金泥棒！」

「なんとでも言いなさい。いいこと？　この世で一番大事なのは金よ」

「マリア、耳塞ぎなさい！　こんな奴の言うこと聞いてたらあなたの耳が腐る！」

「この世で大事なのはお金ですね！」

「マリア⁉」

いけないことを覚えてしまいそうなマリアの耳を塞ぐも時すでに遅く、ブリっ子独自の考えをマリアは耳にしてしまった。

「この子はあんたと違うんだから悪影響になること言わないで！」

「私がおかしいみたいな言い方やめてよ」

焼き菓子をまたひとつ口に放るブリっ子。タダで食べられるからって少しは遠慮しなさいよ。

「幽霊見たら教えてよ」

「あんたが王子と結婚したらいつでも検証できるわよ」

「そういうのはなしで」

きっぱり断ってくるブリっ子。

「妃教育も途中で断念する私には無理だわ。妃になんてなったら外交問題になる」

「そのうち身に着くから大丈夫。十年ぐらいあれば完璧だから」

「十年も経ったら適齢期過ぎまくってるんだけど」

ずずっと紅茶を啜るブリっ子。音を立てるな。

咎める私の視線に気づいたブリっ子は、カップから口を離した。

「ほら、基本所作だけでこれだもの。一応気をつけてるけど、あんたほど無音で飲み物飲めないもの」

「十年あれば大丈夫だって！」

「十年もかけたくないわよ！」

ブリっ子はそう言うともうひとつの焼き菓子に手を出す。もういい、好きに食べて好きに肥えるがいい。

「ああ、あとちゃんと私が受けた妃教育について、しゃべってあげてるからね」

「ん？」

なんのことだと思い、顔を見つめると、ブリっ子はにやにやと笑う。

「社交界でね、妃教育がどんなのか、どれだけ厳しいか、きっちりと話してきてるのよ」

「なんで？」

「あんたの評判上げるために決まってるじゃないの」

「はあ？」

意味がわからなくて疑問の声を出す。ブリっ子は胸を張る。

「王子に存分に話していいって、むしろ話せってお願いされたのよ。元々私に妃教育を経験させたのもこれが狙いだったんでしょうね。おかげであんた、厳しい妃教育に負けずに十年耐え忍んだ健気な令嬢になってるわよ。よかったわね！」

「よくないんだけど⁉」

何余計なことしてくれてるの⁉

「これであんたを妃にするのに反対する人はほぼいなくなるはずよ。まああんた真面目にやってたからほとんど反対する人いないみたいだけどね。身分も問題ないし。市井ではきっと麗しい貴族令嬢と王子の恋物語として流行るわね！」

「やめて！」

「やめても何も、もう話は広まってるもの」

によによによ。

ずっと笑っているブリっ子に殺意が湧いてくる。何をしてくれるんだ、私は結婚する気ないんだったら！

「あんたもいい加減あきらめたらいいじゃない」

「いやよ！」

「子供じゃないんだから駄々捏ねるのやめなさいよ」

「そんなんじゃないわよ」

むっとして言い返す。

「私には自由な時間が、七歳から一切なかったのよ。昔の楽しい暮らしを覚えてる分、それに強くあこがれてしまうの。しょうがないでしょう」

十年間、いつか自由になれる日を思い描いていたのだ。そうそう簡単にあきらめられるほど単純じゃない。

楽しかった遊びはすべて禁止され、友達と遊ぶ時間もなくなった。毎日毎日王城に行き指導され、間違えれば叱られ、それで泣いても叱られる。希望はいつかまた自由になってやるということだけだったのだ。そう、それだけを支えにしてたのに。

「いつか婚約破棄されて自由になってやるって思ってやってきたのに、あっさり結婚しちゃったら私の気持ちはどこに行くのよ」

むすっとした私の顔を見ながら、ブリっ子は焼き菓子をひとつ取る。

「あんた」

焼き菓子を口に運ぶ。

「だいぶ、拗(こじ)らせてるのね」

「言わないで！」

◇◇◇

昼間の会話のせいで胸がもやもやする。

いやいやそんな気分になっている場合じゃない、と首を振る。

もうすっかり日も暮れ、マリアもこの部屋にはいない。一人きりの夜。邪魔者はいない。

そうなればやることは決まっている。

「さあ、気を取り直して隠し扉探しよ！」

この部屋が城のどのあたりにあるかはわかっている。連れてこられたときに目隠しなどされなかったのだから当然だ。

そして私は城の構造はおおよそ把握している。だが残念ながら王家の秘密の場所などもあってその知識も完璧ではない。ちなみにこの部屋も秘密部屋だったようでどんな部屋かは地図に載ってなかった。ただの倉庫にカムフラージュされていた。

でも、この部屋の隣の部屋は違う。隣の部屋は、城の地図にしっかり記載されていた。その地図の通りなら、隣の部屋にはこちらに続く扉があるはずなのである。当時はなぜ倉庫に続く扉が？　と思ったが、今は納得だ。

つまり、向こうから入れる隠し扉なら、こちらからも入れるはずである。

「ふふふふ、私も舐められたものね！」

そんな部屋の隣に監禁するなんて、逃げてくださいと言っているようなものである。

さあ、愛しい扉ちゃん、どこかしら。

うろうろきょろきょろするも見つからない。そりゃそうか、隠し扉だもの。

まず床を調べようと這いつくばってみる。

「お！」

床に小さな扉を見つけた！

ちょっと重かったが、気合を入れてその扉を開ける。

「……床下収納」

便利なものを監禁部屋に作るな！

悔しく思いながら扉を閉める。

「あとは……」

きょろきょろ見回す。怪しいとしたら……。

「本棚、かなぁ」

呟きながら本棚へ向かう。

隠し扉があるはずの部屋の壁にある本棚。見るからに怪しい。

そして本棚にある本もなかなかに怪しい。

「見事に恋愛物ばっかりなのよね」

王子の仕業だろう。私は恋愛小説は好まない。これ読んで勉強しろってことか？　色恋事に目覚めろってことか？

意図がよくわかりイラっとしたため一度もここにある本は読んでない。これからも読む気はない。

そのまま本棚を動かそうと思ったが動かない。そりゃそうか。

「たぶん仕掛けがあるのよね」

なんとか仕掛けを探そうと本棚を調べる。見事に本のタイトルはラブロマンスを思わせるものばかりだ。

嫌な気分になるが調べなくてはいけない。

ひとつひとつタイトルを確認していく。

「ん？」

一冊だけ他と違うのがある。思わずその本のタイトルを口にする。

「クラーク王子の日記帳……」

あ、これたぶんヤバいやつだ。

そう思ってスルーしようとするも、いやに目につく。

ちょっとだけ、ちょっとだけ、覗いてみようかな……？

何か弱み握れるかもしれないし、と思ってその本を手に取る。

カチ、と音がした。

「え？」

思わず声を出すと、一瞬の間に本棚が横に動く。そうして現れたのは隣の部屋だ。

何これかっこいい仕掛け！

ちょっと感動しながら手にした本を向こうの部屋に放り投げる。

高まる胸の鼓動を抑えながら隣の部屋に飛び込んだ。

「やったー！」

冒険物語の主人公になった気分で楽しい。隠し扉見つけるとかすごいわ私！

嬉しい気分のままさっさと出ようと部屋の扉のほうを見て固まった。

「く、クラーク、様……？」

王子が微笑みながら扉の前で佇んでいる。

「やあレティ。思ったより遅かったね」

クラーク様は私のほうに歩み寄ってくる。

私はクラーク様が一歩近づくたびに後ろに下がる。

「俺の日記を投げ捨てるなんてひどいじゃないか」

こちらに向かってくる途中で、私が投げた日記帳を拾い上げる。

「な、なぜこんなところにクラーク様が？」

「レティシアがきっとこの隠し扉を使うだろうと思っていたからに決まっているじゃないか」

あわわわわわ怖い怖い！

徐々に迫るクラーク様に恐怖を感じる。

「可愛いレティシアが自分から来てくれるなんて最高だろう？　だからわざわざこの部屋に俺も移ったんだ」

部屋を見れば確かにベッドやテーブルが確認できた。

そしてついに、トン、と壁に追いやられてしまった。

クラーク様は私を壁に追い込んだまま、こちら側の本棚から一冊の本を取った。

静かに本棚が閉まっていく。

退路を断たれた！

公爵令嬢レティシア、おそらく今が人生最大のピンチです！

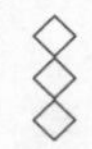

壁に追いやられた私。壁に追いやったクラーク様。

「さあ、レティ、夜は長いからね」

真っ青な顔の私の耳元でクラーク様がささやいた。

頭の中で鳴り響く警告音。

綺麗な顔がじっと私を見つめる。

近い近い近い近い！

思わず顔の前に手をやるが、その手も簡単にクラーク様に搦め捕られてしまう。

やめろ、こっちを見ながら私の手を撫でるな！

「レティは本当に可愛いね」

うっとりとした声音で言われて顔に熱がこもる。

「そうやって赤くなるところも可愛い」

もう何度も言ってるのに、とクラーク様が言う。

何度言われようと恥ずかしいものは恥ずかしい！

クラーク様の言葉に余計に顔に熱が集まるのがわかる。

「うううううう」

呻（うめ）くことしかできない私を、クラーク様は幸せそうな顔で見てくる。

正直に言おう。私には恋愛耐性がない。

恋だ愛だを知る前にクラーク様の婚約者になってしまったのだ。当然不貞（ふてい）がないように異性からは遠ざけられた。つまり、こんな甘い空気を知らない。

恋愛経験ゼロな上に、親族以外の異性との接触もゼロな女に、この攻撃はいささか厳しい。

耐えきれなくて泣きそうになる。

「勘弁（かんべん）してください……」

出てきた声は消え入りそうで自分でも驚く。自分がこんな弱々しい声を出すことになるなんて今まで思わなかった。

クラーク様はそんな私の頭を撫でる。だからそういうのやめろ！

「レティシア」

クラーク様が微笑む。

「とりあえず、移動しようか」

え？　と声を出す前に、クラーク様に横抱きにされた。

「いやあああ降ろしてえええええ」

「すぐ降ろすよ」

そう言って彼が向かった先はベッドだ。

「いやああああやっぱり降ろさないでえええええ」

「レティはわがままだなあ」

違う、これはわがままでは決してない。頭で鳴り響く警告音に必死で従っているだけだ！

だがそんな私の主張は聞き入れられず、優しくベッドに降ろされてしまった。

「レティレティ、可愛いレティ……」

腰砕けになりそうな声でささやかれる。

ベッドに降ろされた私の上に覆いかぶさるような体勢でクラーク様が近づいてくる。

これは本気でヤバいやつだ！

「こ、こういうのは、結婚してからじゃないといけないと思います！」

頑張って絞り出した声で言えば、きょとんとした顔で見つめられる。

「ああ」

思い至ったという表情でクラーク様は言った。

「安心していい。結婚するまではしないよ」

「え？」

「結ばれるのは結婚し、正式な夫婦となってからというのが私の夢なんだ」

……そんな夢を持ってたんですね。

危機を脱したようで力が抜ける。ふう、と息を吐くとクラーク様が私の髪をすくい取る。

「唇への口づけも式でするまで我慢する」

それも夢なんだ、と口にする。

乙女チックな夢ですね、とは言えなかった。

なぜなら手に取った髪の毛に口づけしてきたからだ。

赤い顔で口をぱくぱくさせる私はさぞ滑稽だろう。

そんな私を気にすることなく、クラーク様は笑う。

「唇以外へはするけれど」

そう言うと私の顔に唇が近づいてくる。

ちゅっ、と音を立てて顔が離れる。

「ほ、ほ、ほ、ほっぺ……」

あわあわしながら口づけされた頬を押さえるとクラーク様はとても嬉しそうにする。

「こうしてイチャイチャするのも夢だったんだ」

実現させないで！

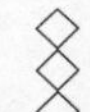

一晩一緒に過ごしてしまった。

戻ってきた自室で呆然とする。

ちなみにクラーク様は仕事に行った。忙しいらしい。忙しいなら私にかまうのやめてほしい。

昨日は最悪だった。あのまま口以外の顔中に口づけされ、愛をささやかれ、体を撫でられ、頭が沸騰(ふっとう)するかと思った。

そんな私がどうなったか予測できるだろう。

気絶した。

完全にオーバーヒートだった。耐えきれなかったのだ。

よって、不本意だがそのままクラーク様と仲良くおねんねしてしまったのである。

大事なことなので言っておくと、クラーク様は宣言通り私を手籠(てご)めにはしなかった。おかげで私はすやすや朝まで熟睡した。

そして忙しいクラーク様は早朝に私に愛をささやきながら去っていった。

ありがたいことに、私は誰にも昨晩クラーク様と同衾(どうきん)したことがバレることなく、自室に戻ってくることができたのだ。

ふう、とため息が出る。ぐっすり眠ったはずなのにこの疲労感はなんだろう。

私は座っていた椅子から立ち上がり、テーブルを動かそうと試みる。

「ふぬぬぬぬ」

見た目に反して重い！

「何なさってるんですか？」

困り顔で部屋に入ってきたのはマリアだ。朝食を載せたカートを押している。そういえばお腹空いたな。

「マリア、手伝ってくれない？」

「なぜテーブルを動かす必要が？」

小首を傾げる。仕草がいちいち可愛いな。

「この隠し扉を使えなくするためよ」

「隠し扉があるんですか！」

途端にキラキラした目をされた。

「やっぱりお城ってそういうのあるんですね！」

「ええ、そうね、でも今そういうのどうでもよくて」

「本抜いたら動くのって定番ですよね！」

興奮した様子でマリアがクラーク様の日記を引き抜く。動く扉。輝く瞳をするマリア。

「開きました！」

「ええ、よくそれってわかったわね」

「一目瞭然でした！」

マリアが一目でわかるということはやはり罠だったのだな。簡単に引っかかる自分が悲しい。

切ない気持ちになっている私を置いて、マリアは隣の部屋を覗き込む。

「これ誰かの部屋みたいですけど」

「クラーク様の部屋よ」

「え！」

マリアが驚愕に目を見開く。

「ずっと隣の部屋にいたんですか⁉」

「いやいつからかはわからないけど、昨日にはクラーク様はいたわね」

マリアはへえー、と間の抜けた声を出しながら、本を戻し、扉を閉めた。

「すごい愛ですね」

「言わないで！」

「で、この部屋に来たんですか？　行ったんですか？」

「聞かないで！」

耳を押さえて首を振るもマリアは好奇心を抑えきれない様子である。

「もういいから朝ご飯にして！」

そう言うと、マリアはしぶしぶ準備をする。彼女は職務に忠実だ。

「それで、どうしてテーブルを動かそうとしたんですか？」

「扉が開かないようにつっかえにしようと思ったのよ」

素直に答えると、マリアは残念そうにする。

「せっかくこの扉があるのにそれじゃつまらないじゃないですか。そのままがいいです私」

「あなた私の状況楽しんでるでしょ？」

「貴族王族の恋愛話は私たち下働きの者にとってはとっても魅力的なんですよ」

「知らないわよそんなの！」

「素敵な話題を提供してください！」

「いやよ絶対！」

「まず昨日何があったか教えてください！」

「言わない！」

「奥様のいけず！」

頬を膨らませるマリア。可愛いけど何がなんでも教えない。だって教えたら絶対仕事仲間にベラベラしゃべる。あと奥様言うな。

「もう一人でやるからいいわよ！」

怒鳴りながらテーブルを動かそうと試みる。ほんの数ミリずつしか動かない。腕がプルプルする。

「奥様って」

朝食の片づけを済ませたマリアが口を開く。

「普段猿みたいなのに、こういうときは小動物ですよね」

「どういう意味だ！」

結局マリアは手伝ってくれず、一日かかってテーブルを移動させ、隠し扉が開かないようにすることができた。ちなみにこのテーブルが使えないと不便なので、これより小さいが、別のテーブルを用意してもらった。

私は痛む筋肉を揉みながらほくそ笑んだ。

「ふふふ、これでこの扉を開けられないわよ、クラーク様！」

私は妙な昂揚感を感じた。いつも先手を打たれるのだ。たまにはこちらから仕掛けたい。この扉が開かなくてクラーク様はさぞ驚くだろう。その様子を想像してワクワクする。

まあその代償はおそらく筋肉痛だ。

テーブルを大理石にするなと言いたい。重いから。

マリアが帰り際に淹れてくれたお茶を楽しんでいると、本棚がガタガタ揺れた。

ほら、来た来た！

私は嬉しくなって本棚に近づく。

激しく揺れている本棚は、それでもテーブルが行く手を阻んで動かず、ただガタガタと音を立てている。

やがてその動きも止まった。クラーク様が本棚を動かすのをやめたらしい。

「ふふふ」

私は笑い声を漏らした。

「ついに勝ったわよー！」

今頃きっと悔しい思いをしているだろう。今まで散々こっちをおちょくってくれたお礼だ。してやられる人間の気持ちを味わうがいい。

満足して私が椅子に戻ると同時に部屋の扉がガチャリと音を立てた。

え？

驚いておそるおそる音の発生源を見ると、ゆっくりと扉が開くのが見える。

にっこりと微笑みながらクラーク様が登場した。

このときの恐怖がわかるだろうか。

今までと違って明らかに不機嫌だった。

「レティ」

低い声で名を呼ばれた。

「は、はい……」

怖い、怖い！

椅子に座り震えている私のもとへクラーク様が歩み寄ってくる。出入りの扉はクラーク様の後ろ。隠し扉はテーブルで塞がれている。万事休す。

他に逃げ道を見つけられない間にクラーク様が目の前に来て、私の目線に合わせるように腰をかがめた。

「レティ、あれはなんだい？」

あれ、と言ってクラーク様が指を差すのは、私が動かないようにした隠し扉だ。

「隠し扉ですね」

「レティ」

わかってる、あれが何かじゃなくて、なぜ開かないかを聞きたいんですよね！

引きつる頬をなんとかしようと試みながら口を開く。

「あ、開かないように、してみました……」

「なぜ？」

あなたが来ないようにですよ！　と声高に言いたい。でも怖くて言えない。

なんでただのちょっとしたいたずらにこんなに怒られなくちゃいけないんだ！

私は自分の軽率さを嘆いた。隠し扉を閉じればクラーク様は来ないだろうと勝手に思っていたが、そもそも正式な扉をクラーク様は開けられるのだ。なんという凡ミス。

「ほら、その、こう、クラーク様に来られると困るというかなんといいますか……」

「なぜ？」

「なぜって……」

もじもじしながら下を向く。

「レティ？」

だから毎回顔が近い！

息がかかるぐらいのところに麗しい顔があるのは大層心臓に悪い。急速に顔が熱くなるのがわかった。

「だって……」

「だって？」

クラーク様は私の言葉を繰り返す。

「恥ずかしいことしてくるから来られるのは困るんです！」

懸命(けんめい)に出した声で言うと、クラーク様はぽかんとした顔をした。しかしすぐにくすくすと笑いだす。

ほら、だから言うの嫌だったんだよ！

さっきまでの不機嫌な様子はどこに行ったのか、クラーク様は私の頬を両手で包み込む。

やめろ、顔を固定するな！

「そうか、レティはこうされるのは恥ずかしいのかな？」

そう言いながら頬に口づけられる。

「ひえええええええ」

悲鳴を上げながら頬を押さえて、後ずさろうとしてバランスを崩す。しまったここは椅子の上だった。

あわあわして椅子から落ちそうになっている私をクラーク様は素早く抱きしめる。

心臓がどきどきと脈打つのがわかった。

「ひいいいい」

もはや間抜けな悲鳴しか出ない。

クラーク様はそんな私に頬ずりする。

「まったく、レティは可愛いことを言う」

可愛いことなんて言ってない！

誤解だと主張したいが、がっしり抱きしめられており、それもできない。しばらくすりすりされていたが、満足したのか離れていった。心底ほっとした。

「レティは恥ずかしがり屋さんなんだね」

その言い方やめろ。

「昨日のことで恥ずかしがって来られないようにするなんて、なんて可愛い人なんだ」

うっとりと頬を撫でられる。

やめろ、それ以上聞かされると耳が茹で上がる！

耳を両手で塞ぐも、すぐにその手を取られた。

「可愛いレティシア。大丈夫、聞き飽きるぐらいこれからも俺の愛を伝えてあげよう」

「結構です！」

必死に言ったのに、嬉しそうに笑われた。

「でもレティ」

ふと、声が低くなる。びくり、と私の体が震えた。

クラーク様は隠し扉を指差す。

「今後こういうことしたら、俺は君に優しくできないかもしれない」

ひいいいいい。

顔は笑っているのに、目が笑っていない。私は恐怖で再び体が震えた。

「もう、こういうことはしないね？」

しっかりと目を合わせて問われ、私はただただ首を縦に振るしかなかった。

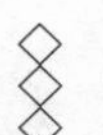

結局隠し扉の封鎖はできなかった。
悲しい気分になるも、クラーク様がまた耳元であれこれささやくから嘆いている暇もない。

クラーク様はテーブルを本棚から遠ざけ、いろいろささやくだけささやいて去っていった。勝手すぎるだろ。

「ねえそう思うでしょ、兄様」

「お前そんなこと話すために俺を呼んだのか?」

兄が憮然とした顔で言う。

ちなみに私は外には出してもらえないが、人を呼んだり来客と話すのは問題ないらしい。なのでこうして兄を呼び出している。

「いや、本題は違うんだけど……」

「なんだよ」

言うのを少しためらうと兄が面倒そうな顔をする。実の妹に対してこの態度はないと思う。

「クラーク様のセクハラがひどい」

意を決して言ってみる。兄はぽかんとした顔をした。

「はぁ?」

「クラーク様のセクハラがひどい」

「いや別に二回言わなくていい」

兄に制されて繰り返すのをやめる。

「婚約者なんだから少しぐらいのことで騒ぐな」

「でも私は今まで男性耐性ないのにひどい！」

「ひどいって……」

「だから私は耐性をつけようと思うの！」

「はぁ？」

私の言葉に兄は呆れた声を出す。

「たぶん耐性がないからクラーク様は面白がっているのよ！　男性に慣れて反応しなくなったらおそらくもう大丈夫」

「いや大丈夫じゃないだろう」

「だから兄様」

「人の話を聞け」

「手を貸して！」

そう言って兄の手を握る。

「…………」

「…………」

「…………レティシア」

「…………何、兄様」

そのままじっとしていたら兄が声をかけてきた。

「これは何をしてるんだ？」

「男性耐性をつけようと思って男性である兄様を触っている」

「………ご感想は？」

「まったく何も感じないわ」

「当たり前だ！」

叫ばれ、握っていた手を離された。

「男性以前に俺は兄だ。ときめくはずがないだろう」

「確かに……」

一理あると思い、考える。

「じゃあ別の人で試すわ」

「それだけはやめろ」

「でも耐性が……」

「いいからやめろ」

兄が真剣な顔で止めてくる。

「いいか、変なことをしないで、本人に言え」

「言ったけど聞いてもらえなかった」

「ただ言うんじゃだめだ」

兄は私をこっちに来いと呼ぶと耳元で作戦を伝えてくる。それを聞いて私は訝しげに兄を見る。

「そんなので本当にどうにかなるの？」

「なる。間違いない」

兄が頷く。私はそんなのでどうにかなると思わないが、兄はやけに自信たっぷりだ。

とりあえず、今は他に手がないから試してみるしかない。

私は兄に、頷いてみせた。

クラーク様が隠し扉を使って部屋に来る。

「クラーク様」

声をかけると嬉しそうにこちらへ寄ってくる。

「止まってください」

私がそう言うと、クラーク様は立ち止まる。

「レティ？」

困惑した声が聞こえた。

私はできる限り怒った顔を作る。

「クラーク様、少し私に触りすぎです」

きっぱりと言うと、クラーク様は驚いた様子を見せた。

「でも婚約者なら普通だ」

「私にとっては普通ではありません！」

強めに言うと、クラーク様はあからさまにしょげる。

「でも、レティが大好きだから触りたくなるんだ」

「だめです」

「レティ」

捨てられた犬のような顔をされるが、そんなもので絆されない。私は怒っている。

「これ以上接触してきたら、私、今後一生クラーク様の名前を呼びませんよ！」

クラーク様が息を詰め、体をよろけさせた。

「い、一生？」

「一生です」

「それは困る……」

「では今後はお触りは厳禁です」

クラーク様が何か言いたそうにこちらを見る。

「だめです」

強めに言う。

「わかった……」

その言葉に私は安堵の息をつく。

話が通じた！

「あ、あと、部屋に来るときは事前に教えてください」

「わかった……」

あからさまにしょげているクラーク様。でもそんなの関係ない。今まで私にひどいことした罰だ！

「兄様ありがとう」

私は小声で兄にお礼を言う。

『クラーク様の名前を今後呼ばないって言うんだ。絶対これで条件を呑むから。強気に、言葉もきつめに言うんだぞ。本気だって伝わらないと意味がないからな』

兄よ、伊達に私より生きていない。今までなんの役にも立たない疫病神だと思っていたけれど訂正する。

私は生まれて初めて兄に感謝をしたのだった。

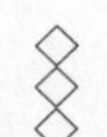

あれ以来クラーク様は私に触るのをやめてくれた。

これでとっても快適に過ごせる。

そう安心していたがそうではなかった。

「レティ、今日もとっても可愛いよ」

お茶を一緒に飲みながら、クラーク様は笑顔で私を口説いてくる。

そう、私はあのとき、ミスをした。

あのとき本当は、口説くのもやめろと言っておくべきだったのだ。さらに言えば、この部屋に不要なときには来るなとも言うべきだった。

私は今大きな後悔の中にいる。

もう一度あの魔法の言葉を使おうかと思うが、そう何回も使えば効力がなくなるのが目に見えている。

ミス。その一言しかない。

「レティシア、その綺麗な声を聞かせてくれないか」

「黙ってほしいです」

「それは無理かな」

にこりと笑う。

私は、はあ、と目の前でため息をつく。とんだ不敬だがクラーク様は気にしない。

「レティシア、君はとても努力家で、そんな君をいつも俺は見ていたよ」

「そうですか」

一生懸命口説いてくるクラーク様をあしらう。後ろでマリアがそわそわしている。人の恋愛話が好きな彼女だ。私とクラーク様のやり取りが気になって仕方ないのだろう。

にこにこと私のどこが好きか告げてくるクラーク様に、もう一度私はため息をついた。

「というわけで、どうすればいいと思う?」

「いや知らないわよ」

茶飲み仲間のブリっ子に言えば、興味なさそうな声が返ってきた。

「さっさとくっつくなり、逃げきるかなりしなさいよ」

「そんなおざなりな」

「ちなみに私はくっつくほうに賭けてる」

「人を賭け事に使うな」

むっとして言うも、ブリっ子は涼しい顔で茶菓子に手をつける。マリアがお代わりを注いでにっこりする。

「私もくっつくほうに賭けました!」

「あなたは賭け事なんか覚えちゃだめ!」

私の叫びにマリアはにこにこしている。

純真無垢な子になんてことを教えるんだ。じろりとブリっ子を睨むも、素知らぬ顔でお茶を啜っている。

「あんたの悩みは心底どうでもいい。私はあんたのお兄さんを落とす方法のほうが興味がある」

「おっぱい押しつければ」

「あんただってアドバイスする気ないじゃないの」

失礼な、先に答える気なくしたのはそっちのくせに！

「でもまあ、王子に口説くなってのは無理でしょう」

「なんでよ」

茶菓子を口にするブリっ子に視線を向ける。涼しい顔で茶菓子を頬張っている。

「口説かないでどうやって相手に好きになってもらうのよ」

「さあ？」

「それもするなって言ったらテンパった王子に手籠めにされるんじゃない？」

「それはいや！」

「じゃあ逃げ道ぐらい作ってあげなさいよ」

ブリっ子に言われてしぶしぶ頷く。

でもなあ。

「あんたに言われると納得したくないのよね」

「ケンカ売ってるのね？」

「マリア、お代わりー」

茶を口に含んだ。


「聞きなさいよ！」

溜まったストレスはブリっ子で発散しよう。そう決めて私はマリアに淹れてもらったお茶を口に含んだ。

ちなみに逃げるのをあきらめていない私は新たな脱出手段を考え行動している。

「えっほ、こらしょ」

掛け声に合わせ、叩いていく。

手に持っているのは暖炉の灰かき棒だ。本当はハンマーが欲しいところだが、残念なことにここでは手に入れられない。

「えっほ、こらしょ」

言いながら叩くのは壁だ。この部屋に備えつけられている小さな衣裳部屋の隅の壁に、修繕した跡があるのを見つけたのだ。そういうところは総じて脆い。そこに狙いを定めて叩いていくと、案の定、少しずつ穴が空いてきたのである。

長かった。穴を空けるのに三日かかった。そして今、穴はだいぶ大きくなっている。

私は気合を入れて大きく叩きつけた。これが最後の一撃だ。

私は灰かき棒を捨てて、その穴にもぐり込む。うふふここを抜けたら今度こそ自由よ！

「ん？」

もそもそ上半身を突っ込んだ私は思わず声を出した。

進まない。

私は血の気が引いた。

頑張って前に進もうとするも動かず、後ろに下がろうとしても動かない。

しまった。大失敗だ。

さあー、と音を立てて血の気が引いてきた。

なんだ、穴が小さかったのか？　だが修繕した部分は全部崩したからこれ以上はどうにもならない。なら他の敗因はなんだ。いや、考えるまでもない。私は悔しさで唇をかんだ。

――太ったのだ。

そうだ、ここに閉じ込められて、大した運動もしないのに三食しっかり出て、おやつまで食べている。太ったのだ。確実に太った。

以前の体形ならいけたものが、今は不可能となってしまった。

しかも現在にっちもさっちもいかない状況だ。

終わった。こんな姿見つかったらどうなるか、いや、それ以前にこんな間抜けな姿誰にも見られたくない。

どうにもならない状況で悲しみと悔しさと恥ずかしさで涙が出てくる。

しくしく泣いていると、後ろから声がかかった。

「レティシア」

天の助けのようにも聞こえるし、悪魔のささやきのようにも聞こえる。

「クラーク様……」

泣いたまま声を出す。残念ながら今頭は外に突き抜けているので顔を見ることはできない。

「なぜこんなことに……」

困惑の声が聞こえる。ええ、ええ、そう聞きたい気持ちがよくわかります。

「いけると思ったんですよ……」

悔しさを交えて言えば、クラーク様は戸惑いながらも助けようと動いてくれる。

「引っ張ればいいのだろうか」

「たぶん」

頭を突っ込めたのだから後ろから引いてもらえればきっと抜けるはず。

「せーのでいくぞ？」

クラーク様が声をかけてくれる。

「せーの」

クラーク様は私の足を摑み、引っ張る。

「痛い痛い！」

「でも我慢しないと」

「違います、足が痛いんです！」

引っかかっている部分ではなく、引かれている足が痛い。

「す、すまない」

クラーク様が謝って私の足から手を離す。

「私の腰部分を持ってくれませんか？」

「え？」

私から提案すると、クラーク様から戸惑った声が出た。

「でも、そうするとレティの可愛いお尻部分も触ってしまうことになるが」

「可愛いとか変な言い方しなくていいですから。とにかく今は緊急事態なので許します」

「触ったから名前を呼ばなくなるとか言わないか？」

「言いません」

今この状況でそんなこと気にしている場合か！

「では……」

クラーク様は緊張した声を出しながら私の腰に手を当てる。

「せーの」

ぐいっと引っ張られる。痛い。

「頑張れレティシア、少し動いたぞ」

「それはよかった……」

「もう一度、せーの」

引っ張られ、痛みに呻く。それを繰り返し少しずつ部屋に戻っていく。

「せーの」

そしてついに最後の引っ張りですぽんと穴から抜けた。

抜けて最初に見たのは汗をかき、髪を乱したクラーク様の姿だった。

私はじんわりと再び涙がにじむのがわかった。

「レティ」

「クラーク様」

私は今すごい姿だろう。でもそんなの気にしていられない。私は初めてクラーク様に抱きついた。

「やりました！」

「ああ、やったな！」

二人で妙な達成感を感じながら、しっかりと抱きしめ合ったのだった。

あのあと、クラーク様は壁を頑丈に補強すると宣言し、まあそうだよね、と私も納得した。

お互いのボロボロ具合を見て滑稽だなと思いながら、クラーク様は湯浴みの手配をしてくれ、お互いさっぱりしたあとに、「じゃあまた明日！」「ええ、また明日！」と興奮したままお互い各自のベッドに入った。

そして一夜明け。

私は今、羞恥心で死にそうになっている。

いや、じゃあ明日とか言っている場合じゃないだろう。何しているんだ昨日の私。

体が穴に引っかかるというありえない状況を見られ、淑女としてありえないボロボロの姿を晒した私は乙女としてもボロボロだ。

木登りしたりいろいろ令嬢としてありえない姿を見せているのだから今さらだ。むしろその姿を見て愛想を尽かせとすら思っていたのに、今回はそんな開き直った気分にはなれない。あれだけ無様な姿を見せたのだからクラーク様も愛想を尽かしていてもおかしくない。むしろそれは万々歳なはず、である。

なのに今はとても喜べない。

おかしいな、確かに恥ずかしいかっこうだったけど、別に気にしなければいいはずなのに。

小首を傾げるも、すぐにそれどころじゃないと頭を振る。

じゃあ明日と言った手前、おそらくクラーク様は今日来る。確実に来る。今日だけは放置してほしいと思っても確実に来る。

どうしようどうしようとベッドの中で悶えながら、穴があったら入りたいと思う。

そして閃いた。

穴、あるじゃない！

私はベッドからがばりと起き上がり、寝間着から部屋着に着替える。そのまま一直線に向かったのは床についている扉だ。開けて素早くその中に入る。

この間見つけた床下収納です。

なんでこんなところ作ったんだとこの間は思ったけれど、今はこれをよく作ったと褒めてやりたい気持ちである。

ああ、落ち着く。

膝を抱えて座る。誰もいない空間は思ったよりも心地よく、私はあっというまに夢の世界に旅立った。

次に目覚めたときに聞いたのは、マリアの絶叫だった。

「お、お、お、奥様がいらっしゃらないいいいいいい!!」

相変わらずよく響く声である。

叫んだあと、バタバタと足音がした。マリアが外に走っていったようだ。

「奥様見ませんでしたか!?」

「いや、見てない」

「奥様ぁー！」

おそらく扉の前にいる兵士に話しかけているのだろう。兵士の言葉にマリアはまた絶叫する。

マリアの声はよく響く。そのおかげで私がいないことが知れ渡ってしまった。あっという間に城内大捜索が開始された様子でいたるところから奥様という声が聞こえる。私は内心とても焦っていた。

出るに出られなくなってしまった。

今ひょいと出ていったら、どうなるだろう。いや確実に呆れられる。しかもここに入った理由を聞かれる。恥ずかしいからだなんて言えない。そんな子供っぽいこと言えない。

クラーク様だけを撒く予定だったのに、とんだ誤算だ。いや、ただ私が軽率だっただけだ。

「レティ?」

どうしようと考えていると、クラーク様の声が聞こえる。

「レティシア、いるんだろう?」

この部屋には私がいないということで捜索隊は別のところを探している様子だった。

「レティ、今は俺しかいないから、今のうちに出てきなさい」

クラーク様一人なら今他の人はいない。この床下収納に入り込んだという間抜けが見つかることもない。

でもやっぱり昨日のこともあって出るのをためらってしまう。もぞもぞしていると足音が近づいてくる。

「ここか?」

クラーク様が扉を開ける。しばらく暗闇の中にいたので眩しくて目を細めた。

「レティ」

ほっとした様子のクラーク様が、私の両脇に手を入れて持ち上げて立たせてくれた。

「なぜこんなところに……」

床下収納の扉を閉めながらクラーク様は言った。ええ、ええ、そう聞きたい気持ちよくわかります。

「ちょっとだけ一人になりたかっただけなんです……」

しょんぼりして言うと、クラーク様は小首を傾げる。

「なぜ？」

それを聞いてくれるな。そう思って見つめるが、クラーク様はそのまま私が口を開くのを待っている。観念して口を開く。

「恥ずかしくてですね……」

「うん？」

また小首を傾げられた。

ここまで言ったらわかれ！　と思いながら、自棄になって言う。

「クラーク様に会うのが気まずかったんです！」

クラーク様は衝撃を受けたようにたじろいだ。

「そ、それは、俺のことが嫌いになったという……」

「いやそうじゃなくて！」

なぜそういう話になるんだ！

顔を赤くしながら私は言う。

「き、昨日恥ずかしいところを見せたから、顔を合わせにくかっただけです！」

私の言葉にクラーク様はほっと息を吐く。

「大丈夫だレティ。君のどんな姿も愛してる」

「そういうことじゃないんですよ……」

恥ずかしくなって顔を覆う。こんなこと言わなきゃいけないなら始めから普通に顔を合わせておけばよかった。

「とりあえず、昨日はありがとうございました！」

「ああ、いや、どういたしまして」

お礼を言うと、クラーク様は微笑んだ。

「昨日のことは誰にも言わないでくださいね」

「もちろん言わない。あんな可愛いレティは俺だけが知っていればいいんだから」

「変な言い回しはいらないんですよ。とにかく他言（たごん）しないでくださいね」

「わかった」

念押しすると頷いてくれた。

安心して一息つくと、クラーク様はにこりと微笑んだ。

ううう、今笑いかけないでくれ……。

弱っているときの美形の笑顔怖ぃ。

そう思いながら視線をそらすと、扉のところにマリアが見えた。

「あー！　奥様いたあ！」

マリアが叫びながら部屋に駆け込んでくる。

怒った顔で私の近くまで来ると、大きな声でこう言った。

「王子とイチャイチャしたくていなくなるのなら、ちゃんと言ってください！」

「違うから！」

「イチャイチャ……」

王子が嬉しそうにマリアの言葉を繰り返す。マリアに遅れて部屋に来た兵士もやれやれという顔をしている。

違う、違う！

「違うからぁー！」

私の言葉は誰も信じてくれなかった。

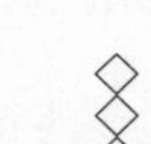

とぼとぼと廊下を歩いている。

そう、私は今、廊下を歩いている！

しかしこれは脱走できたからではない。私は周りを兵士に囲まれて歩いている。逃走予防らしい。厳重すぎて引く。

周りからはおっさん兵士に囲まれた令嬢に見えるはずだ。大層暑苦しい。いや、兵士たちの身長が高いため私は見えないかもしれない。そしたらただ円陣を組んで歩くおじさんの群れだ。より暑苦しい。

そんな暑苦しい思いをしながらたどり着いたのは、王城の一室だ。私には見知った部屋だ。兵士が後ろに下がり、今度は後方へ逃亡することを防いでいる。これでは目の前の扉を開けるしかない。徹底しすぎていて引く。

はあ、とため息を吐きながら、扉を開く。

中で私を待っていた人物は嬉しそうに微笑んだ。

「いやーんレティちゃんお久しぶりぃー」

私は扉を閉めた。

「レティちゃーん？　いやだわレティちゃんたら照れてるのぉー？」

扉の向こうには間延びする声で話す女性がいる。後ろを振り返ると兵士が哀れんだ視線を向けてきた。

その視線を受けながら、私は気合を入れて再び扉を開けた。

「王妃様、本日はお日柄もよく……」

「んもう、そんな堅苦しいのはいいのよぅ」

正式な挨拶の礼をしようとする私の声を遮って王妃様――クラーク様のお母様は私をテーブルに手招きした。私はその動きに従い、テーブルの空いた席に腰かけた。

「んふふふ、レティちゃんは相変わらずねぇ」

間延びしたしゃべり方はこの人の癖だ。ただ外交時はきびきび話すので、私生活と仕事できっちり自分を分けている人間でもある。

「あの、何か御用でも？」

私が訊ねると、王妃様はにこりと笑う。

「いいえぇ。ただ義娘と話したかっただけよぅ？」

可愛らしく首を傾げる仕草は、大きな息子がいるとはとても思えないほど可憐だ。

「そうですか」

私はそれだけ答えて、そばに控えていた侍女が淹れてくれたお茶に口をつける。

はっきり言おう。私はこの人が苦手だ。

嫌いではない。苦手だ。何を考えているかわからず、どうしたらいいか私もわからないのだ。

「もう、レティちゃんたら、そんなに怯えなくてもいいのにぃ」

こうして私の心を見事に見抜くところもとても苦手だ。なぜわかる。

こういうところがクラーク様とそっくりで、親子だなと思ってしまった。

「私はレティちゃん大好きなのよぅ？　可愛いものー。ね、だから早く私の娘になってね？」

「いやです」

「あらやだはっきり断られちゃったわぁー」

うふふと微笑みながらお茶を啜る。さすが王妃。仕草が綺麗だ。

「でも本当に私はレティちゃんが大好きなのよぅ。できれば他の子じゃなくてあなたにクラークの相手になってほしいと思っているのぉ」

「いやです」

「いけずぅー」

頬を膨らませる仕草も似合う。

「レティちゃん真面目に妃教育も受けてくれたしぃ、もうそれも完璧だものぉ」

「家の評判を下げないためです」

「でも根が真面目じゃないとできることではないわよー？」

おそらく王妃様は本気で褒めている。そう思うが素直に受け取れない。だって私はあれを嬉々としてやっていたわけではない。

「レティちゃんはなかなか意固地ねぇ。そういうところもいいのだけどぉ」

「ありがとうございます」

「あらぁ、今のは褒めてないわよぅ」

くすくすと笑う。

「ねえレティちゃん？」

「なんでしょう」

「クラークのことどう思う？」

「しつこい人だなと思います」

「素直ねぇ」

王妃様はとても楽しそうだ。

「そうねぇ、じゃあ顔は？」

「は？」

「だからぁ、クラークの顔はどう思う？」

これは素直に答えたほうがいいのだろうか。いや素直に答えないとだめだろう。この人に嘘はすぐにバレる。

「綺麗な顔だと思います」

「つまり好みなのねぇ」

そうは言っていない。

「じゃあ、声は？」

「……いい声だと思います」

「これも好みなのねぇ」

その言い方やめてくれないだろうか。もやもやしている私に王妃様は質問を続ける。

「じゃあああの強引な性格は？」

「………………嫌いです」

「ふうーんそうなのぉ」

何が言いたいんだ！

にやにやするのをやめてほしくて見つめるも、王妃様はやめる気はないようだ。

「まあ大体わかったわぁ」

そう言うと、ケーキをひと口、口に入れる。

「あなたクラークが初恋だものねぇ」

そう言いながらケーキを頬張る王妃様を見て私は口を大きく開けた。

「は……？」

王妃様の言葉を反芻する。

初恋初恋初恋初恋初恋——。

初恋？

ぽかーんと口を開けて間抜け面をしている私を王妃様は楽しそうに見ている。

「ど、どういうことですか？」

「やっぱり覚えてないのねぇ」

ふふふ、と上品に笑う王妃様。混乱する私。静かに侍女はお茶のお代わりを淹れる。

「クラークと婚約して初めてここに来たときのことよぉ」

王妃様は侍女が淹れたお茶を飲む。

「その日はまだ顔合わせだけだったからあなたはあまり次期王妃ということがよくわかっていなくてとてもはしゃいでいたのよぉ」

はしゃいでいただろうか……？

遠い記憶を呼び起こそうとしてみるも、まったく出てこない。

「顔を合わせたときにもう可愛い顔しながら『このかっこいい人と結婚するの？　やったあ！』ってはしゃぐあなた。可愛かったわぁ」

王妃様は遠い目をしながら昔を懐かしんでいる。

「そのあとに、二人で中庭を散策させたのよぉ。あとはお若い二人で、てやつねぇ」

可愛い二人で仲良く中庭にいるのも可愛かったわぁ、と王妃様はにやついている。

「あなたは中庭に咲いてる花で花冠を作ろうとして失敗しちゃって泣きだしちゃって、それを見たクラークが、花冠を作り直して頭に載せたのよぉ」

王妃様の頭はすでに昔に飛んでいるようだ。幸せそうにしている。

「そうしたらレティちゃんは泣き止んで、目をぱちくりさせながら、微笑むクラークをぽーっと見つめて、そのあとほっぺに口づけてねぇ。『クラーク様大好き』って飛びついて。あー可愛かったわあ。私、人が恋に落ちる瞬間を初めて見たわよぅ」

「そ、そんなわけ……」

ない、と言いたかったが、私には確信がなかった。

王妃様はにこりと笑う。

「だから、あなたクラークがまったく好みじゃないというわけじゃないのよねぇ」

言葉に詰まる私に王妃様は微笑む。

「ま、大体わかったからこの話はこれでおしまいにして、このケーキ食べましょう？　これ隣の国の首都でしか売ってないのよぅ」

言いながらケーキを勧めてくるので、ありがたくそれを受け取る。

正直、食べているケーキの味などわからなかった。

再びおじさん兵士たちに囲まれながら歩く。

なんとも言えない気分でいたとき、中庭の近くを通る。

私は中庭に行きたいと兵士たちにお願いし、多少しぶられながらも無事中庭へ到着した。

そこに腰を下ろし、花を摘んで結んでいく。だがなかなかうまくいかない。昔からそういえばこれは苦手だったなと思い至る。

あきらめて花冠のなりそこないを放り投げた。

投げた途端、私の隣に兵士の一人が座る。おいおい、仮にも私は王子の婚約者だから隣に座るのはアウトだよ、と思ってる間に、鎧の手で綺麗に花冠を作っていく。この人手先器用すぎるでしょう。

じっと見ている間に花冠が完成して、頭に載せられた。

「似合ってるよ、レティ」

低い声で言われ、どきりとした。

「ク、クラーク様!?」

「そうだけど」

あっさり正体を告げられた。

「な、なぜ兵士に……」

「そろそろ追いかけるだけじゃレティに飽きられるかと思ってアクセントを」

「いやそういうのは求めてない」

「そうか」

そう言うと兜を脱いだ。

「これ意外と蒸れるんだ」

「ああ、でしょうね……」

顔はいいのになんて阿呆なことをするんだ。

「昔、君に花冠を作ったことがあった」

クラーク様の言葉に動揺してしまう。それは王妃様との会話で出た出来事に違いない。

「俺はとても嬉しかったんだ。初めて恋い焦がれた相手が婚約者になって。俺のことを大好きと言ってくれた」

懐かしむように微笑むクラーク様。

「でもそのあと、妃教育が始まってしまって、君は俺に笑わなくなってしまった。俺は申し訳ないと思いながら、手放せなかった」

「すまない。それでも愛しているんだ」

クラーク様が少し近づいてきた。

真剣な顔。途端に胸の鼓動が速くなるのを感じた。

「も……」

「も？」

「戻ります！」

そう言うと、私は立ち上がる。クラーク様は悲しそうな顔をしながら、同じように立ち上がった。

「では送ろう。ああ、お前たちはもういい」

クラーク様はおじさん兵士を下がらせる。

二人で無言のまま部屋への道を歩く。がしゃりがしゃりと鎧の音がする。ちらりと見ると、兜が蒸れたせいだろう。やや汗をかいたクラーク様がいて、胸がどきりとした。

慌てて顔を振る。クラーク様が不思議そうな顔をしたが、突っ込んではこなかった。

部屋に着いて、クラーク様が扉を開けてくれる。

「レティ」

クラーク様は私の頬に手を伸ばそうとして、触れる前にはっとしたように引っ込めた。

私が触れるなと前に言ったからだろう。

「……よい夢を」

そう言うと、切なげな顔をしたまま、扉を閉めた。

「奥様、夕食の準備しますね」

複雑な私の気持ちなど気付いていないまま、マリアはにこにこと夕食をテーブルに並べていく。私は席に着く。

「ほ……」

「ほ？」

マリアが私の言葉を繰り返す。私はステーキ肉にフォークをブスリと刺した。

「絆されてなるものか！」

叫ぶ私に、マリアが首を傾げた。

「レティシア様、本日はお招きいただきありがとうございます」

「ダブド伯爵、こちらこそ遠いところをお越しいただきありがとうございます」

私は中年の小太り男性から差し出された手を握る。

今日は王家主催のパーティーである。

クラーク様の婚約者として、こうして王族側で接待するのはもう慣れたものだ。でも言いたい。私はまだ結婚してないため、私はあなたをお招きしていない。

だがそんなこと言うわけにはいかない。私は内心を隠しにこりと笑う。

私の隣ではクラーク様がとても美しい所作で貴族を相手にしている。ご令嬢がちらちらクラーク様を見ているのがわかる。モテる男はいいですね。

一通り挨拶が終わると、私はクラーク様と王族席に行く。私王族じゃないからと言っても聞き届けられることはない。

ちなみにこのパーティー、私と王子の正式な婚約パーティーである。七歳のときに婚約パーティーはもちろんしたが、如何せん主役が子供だ。そのときは軽いパーティーで終わったが、大人になった今、改めて私が婚約者だと世間に知らせるために開いたのである。

迷惑である。すごく。

別に今までもパーティー出てるし私の顔は知られているからやる必要はないと思うが、それとこれとは違うらしい。何が違うかわからない。

このパーティーの企画提案は兄である。兄め、こうすることで私の逃げ道をなくそうという魂胆だ。卑劣だ。卑怯だ。恨みを込めて兄を見るが、兄はとても楽しそうに、にようによしている。くそう、こんな場でなければ睨みつけてやるのに。妃教育が身に着いている私は不機嫌さを出すことはなく、招待客に向けてにこにこと笑みを浮かべる。

くうううう！　教育の弊害(へいがい)いいいい！

内心ぎりぎり歯ぎしりする。現実では微笑んでみせる私。役者。私は完璧な役者。

ブリっ子はさりげなく兄の隣をキープしている。やるな、さすがブリっ子。

「みなの者、本日は遠路はるばるご苦労であった」

ふくよかな国王が声を上げた。クラーク様は母親似だなと改めて思う。

「すでに周知のことと思うが、我が息子クラークと、ドルマン公爵が娘レティシア嬢の婚約を改めて報告する」

報告しなくていい。いらないことをするな。

「では二人の婚約を祝って」

国王がワインを掲げると、他の貴族もワインを掲げた。もちろん私も掲げる。

「乾杯！」

国王の声でみんなで乾杯！と言い、ワインを飲む。

さて、あとはたまに来る招待客と世間話をしながらおいしい食事をつつくだけである。

お肉おいしい。ここ最近王宮料理を毎日食べているが、今日は一段と気合が入っている。

「レティシア、食べすぎないように」

隣にいるクラーク様に小声で釘を刺される。わかっています、と目線を送ると少し顔が赤らんだ。おかしい、今の行動に顔を赤くする要素はなかったはずだ。どう取り違えたんだ。

だが聞いてはいけないと本能が言うので気にせず食事を続ける。招待客がたまにおめでとうを言いに来るため、なかなか食べ進められない。悲しい。

ちみちみ食事を取っていたが、無事に満腹になったとき、ピアノの音色が流れた。

ダンスの時間だ。

クラーク様が私に手を差し伸べる。私はその手にそっと自分の手を重ねた。主役だから踊らないわけにはいかない。

そのままホールの中央に向かうと、みなのため息が聞こえた。

慣れた様子で踊るクラーク様。それにリードされながら踊る私。以前からよくしていることだけど、クラーク様からの愛を聞いてから踊るのは初めてだ。妙に緊張してしまう。

手が汗ばんでいないだろうかと心配していると、クラーク様が私の顔を見つめながらうっとりとした笑みを浮かべた。また外野からほう、というため息が聞こえた。腰に回された手にもぐっと力を入れられる。

私は視線を外すことも敵わず、恥ずかしいからと逃げることも敵わず、精一杯笑みを浮かべる。頼むから顔が赤くならないようにと願うことしかできない。

曲が終わりほっとするも、クラーク様は手を離さない。いつもは一曲で終わりなのに、そのまま二曲目に突入してしまった。

内心あわあわしているも、実際はどうしようもない。クラーク様が私の体を必要以上に引き寄せるたびに絶叫したくなった。とても幸せそうな顔をしているが、そんな顔をされても困る。

「レティ」

時折私の名前を蕩けそうな声で呼ぶ。そのたびに心臓が跳ね上がるのじゃないかと思った。

「レティ」

二曲目が終わる寸前、周囲にわからないように頭のてっぺんに口づけられた。

私は限界だった。三曲目に突入しようとするクラーク様の手をやんわりと外し告げた。

「お化粧を直してまいります」

にこりと笑って引き留められる前にさっさと退却する。

お手洗いに着いて一息つく。

「色気……色気を抑えてくれ……」

思わず口にしてしまい、はっとして周囲を見回すも、誰もいない。

ほっとするも、きっと今頃私がいないからとご令嬢がクラーク様に近寄っているかと思うとなんともいえないもやもやが胸に湧いた。

クラーク様がどこのご令嬢と何してようが本人の勝手なはずだし、以前はむしろそれを喜んでいたのに。

いやいやいや、おかしいおかしい。

首を振って自分のありえない想像と感情を振り払う。

きりっと気持ちを切り替えて廊下へ出ると、誰かいる。はて、どこの貴族だろう。見覚えがないということは他国の人だろうかと思っていると、私の意識は途切れた。

次に目覚めたときは馬車の中だった。

これはまさかと思うがそのまさかだろう。

ドルマン公爵令嬢レティシア、十七歳。生まれて初めて誘拐された。

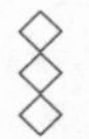

誘拐されてしまったと認識してすぐに目に入ったのは見目麗しい少年だった。

私を見た少年は驚いた顔をしており、その綺麗な口を開いた。

「だ……」

少年の口は震えている。

「誰だお前は」

誘拐犯に、誰かと訊ねられるとはどういうことだろうか。

私はしゃべろうとしたが、もがもがとしかできないことに気づいた。猿轡（さるぐつわ）されてる！

怒りを伝えようと精一杯声を出すが、ふがー！　ともごもご言うことしかできない。

美しい少年は私を気にすることなく、私の隣にいる人間に声をかけた。というか私の隣、人がいたのか！

「え……連れてこいと言われた人ですけど……」

隣の青年はさも当然といった様子で答えた。苛立った様子で少年が舌打ちする。

「これの！　どこが！　頼んだ人間なんだ！」

これと言われた。イラっとするから訂正しろ。

「だって……殿下が頼んだ特徴そのままですけど……」

青年が納得いかない様子で言う。少年は私を一瞥して荒い仕草で顔をそらした。

「髪色などの特徴は確かに合っている。だが、全然！　全然！　違う！」

そんなに力を入れて言わなくても、と思いながら少年を見つめる。少年はまた私を見ると舌打ちした。

「これの！　どこが！　マリアなんだ!?　あの愛らしさがかけらもないじゃないか！」

おい、おい、訂正しろ。私は愛らしさ満載だ。訂正しろ。

だが状況が呑み込めた。どうやら私はマリアと間違えられて攫われたらしい。はた迷惑なことである。

「じゃああんたが自分でやればいいだろうが……」

ぼそりと低い声で青年が呟いてぎょっとしてそちらを見る。どうやら少年は聞こえなかったようでそのまましゃべり続けている。

「どうやったらこのちんちくりんと可愛いマリアを間違えるんだ！　目が腐っているのか！　使えない奴だ」

訂正しろ！　ちんちくりんを訂正しろ！

散々な言われように、ふがふがと文句を言うが、なかったことにされる。訂正しろ！

「でも現実問題、間違えて連れてきてしまったんですから、どうしようもありませんよ。そもそもそんなに言うならなぜ馬車に乗せたときに気づかないんです？」

青年が言うと少年はぎり、と歯ぎしりする。

「とにかく早く離れなければと思って、あまり確認できなかったんだから仕方ないだろう！　……そもそもこいつは誰なんだ」

ええええー、今さらー？

ちらりと少年に見られて、ふがふがと自分の名前を言おうとするが、やはり通じない。

青年と少年は目を合わせる。

「……とりあえず、情報がないといけませんね」

「そうだな……」

少年が頷くと青年が私の口から巻いていた布を取った。ぷはっと息を吸い込む。私は少年をきっ、と睨みつけた。

「今すぐ戻してください！　あなた、殿下と呼ばれてたってことは、どこかの国の王族なんでしょう？　大問題になりますよ！」

「下っ端貴族を誘拐したぐらいどうとでもできる。お前、名を名乗れ」

ええい！　偉そうな小僧め！

「ドルマン公爵の娘、レティシアと申します。アスタール王国王太子クラーク殿下の婚約者です」

不本意だけどね！

私が言うと、二人はぽかんと口を開けて、すぐさま真っ青な顔になった。

「お、王子の……婚約者……」

「そうですけど」

むすっとして答えると、二人は青ざめたまま固まる。

「だから言ったでしょう。他国の王族が、友好国の王族の婚約者を攫うのがどういうことになるかわからないほど馬鹿ではないでしょう？」

この二人はあのパーティーで誘拐を行ったのだから、招待されている友好国のどれかの王族のはずだ。私が言うと、二人は顔を見合わせた。

「どうする？　今戻ってどうにかなるか？」

「いや、ならないでしょう。王子の婚約者がいなくなればすぐに騒ぎになっているはずですから」

「そうだな……」

「もういっそ、そこに捨てましょうか」

「待て待て待て！」

　青年の提案に少年が目を輝かせたのを見て止めに入る。

「あんたたち、まさかこんな鬱蒼とした森に、綺麗なドレスや宝石を身に纏った女を捨てたらどうなるか予測できないわけじゃないでしょうね⁉」

　山賊に襲われて終わるわけにはいかない。私は必死で二人に訴えるが、二人は顔を見合わせると、頷き合う。

「自分たちや国がどうにかなるならそれでもいいかな」

「人でなしー！」

　いやー！　と叫び抵抗するも、相手は男二人。しかも私は後ろ手に縛られている。抵抗らしい抵抗もあまりできずに二人に抱えられる。まずいまずいこれ本気なやつだ！

　私はパニックになる頭で必死に考えた。死ぬ死ぬ死ぬ死ぬ！　あ！

「マ、マリアの居所知ってます！」

　さあ投げ飛ばすぞ、という体勢で男二人が止まった。

「…………嘘じゃないな」

「嘘じゃない嘘じゃない毎日会ってる！」

「何！」

　私の言葉に男は私を再び馬車の席に戻した。ほっと胸を撫で下ろす。

少年はそわそわとしており、青年はどうでもよさそうだ。マリアを目的としているのはおそらくこの少年のみなのだろう。

私は心の中でマリアに謝りながら、とりあえず縛られて痛い腕を早くどうにかしてくれないだろうかと思った。

「そのときのマリアは天使のようで僕の手を握り微笑んでその笑顔を見て僕は見惚れてしまってこれほど美しい人がこの世にいるのかと思うほどで」

滅茶苦茶(めちゃくちゃ)しゃべる。私は後悔していた。

マリアとどういう関係か聞いただけなのに、まるで少年は恋物語を読み聞かすかのように長話を始めてしまった。かれこれ一時間ほどは独壇場(どくだんじょう)でしゃべり続けているのではないだろうか。

げっそりとした顔をした私は隣の青年を見ると彼も同じような表情をしていた。

「マリアの手はとても小さくすべらかでそのとき僕はまだ幼かったから僕の手をすべて包み込んで」

しかもこれだけ話が長いのにかけらも話が進んでいないのだ。今のところ少年の話からわかるのは、『マリア大好き』ということだけである。

私はげっそり顔のまま、青年に言った。

「このお話、要約してもらえませんか」

「そうですね……」

永遠に終わらなそうな様子に提案すると、青年は頷いた。

「この方はデルバラン王国の第三王子ルイ殿下です。二人の出会いは今から五年ほど前。殿下が八歳、マリア様十二歳で、彼女は我が国の伯爵令嬢でした」

「まさかのお貴族様だった！」

衝撃の真実に驚いている私を気にするわけでもなく、青年は続けた。

「マリア様は王城に行儀見習いに来ていたのですが、そこでルイ殿下に気に入られ、すぐに打ち解けられました。二人はとても仲良く、姉弟のようだと城内の者はみんな微笑ましく見ていました」

「違う！　そこは恋人同士のようだ、に訂正しろ！」

こちらが話していても気にした様子もなくしゃべり続けていた少年が、器用に単語だけを聞き取り言い直しを要求した。

「……恋人同士のようだと城内の者はみんな微笑ましく見ていました」

青年がとても嫌そうな顔で言い直したが、少年は満足そうにふんぞり返る。その言い方で満足なのだろうかと呆れてしまった。

呆れた顔をしている私に向き直ると、少年は今度は私に対して怒りだした。

「僕がマリアとの話を語っているのに、聞かないとはどういうことだ！　きちんと聞け！」

「だって全然要領を得ないんですもん」

「まだまだ語り足りないというのに」

「もう十分でしょう。このままだと何も対策など考えられない間にそちらの国に着くのでは？」

私が指摘すると、少年はむっとした顔をしたが、仕方ないと呟いて黙った。本当にしっかりしてほしい。このままなんの相談もできずいきなりデルバラン王国に着いたら口裏合わせもできず、あっというまに国際問題だ。

少年――ルイ王子だったか。ルイ王子が落ち着いたのを見て、青年は話を再開した。

「ですがその後、マリア様のご実家が投資に失敗して没落したのです。仲のよかった二人も、引き離されることになりました。伯爵家は没落し、当主は酒の飲みすぎで亡くなり、マリア様のお母様は、故郷であるアスタール王国にマリア様を連れて帰ってしまわれました」

波乱万丈だ。マリア、貴族の恋愛話の前に、あなたの人生のほうが小説にできるぐらいの話だよ。

「その後は殿下はもう荒れに荒れて大変でしたよ。大人になったら会えると宥めてからは早く一人前と認められてマリア様を迎えに行くと言われて勉学にも公務にも人一倍取り組まれておりました」

「褒めてもいいんだぞ！」

「絶対いや」

「無礼者！」

　ふふん、と自信満々のルイ王子にはっきりと意思を伝えるとまた怒り出した。この子怒りっぽい。どこが大人？

「マリア様がアスタール王国の王城で侍女をしているのを突き止めた殿下は、もう大人になったと主張してマリア様を迎えに行くとおっしゃられました。ちょうどいいところに、ルイ殿下にパーティーの招待状が届いていたので、その場で攫っていけばいいと殿下が主張してこのような事態に」

「なんでそこで攫おうと思った？」

「一石二鳥だと思ったからだ」

「どんな理屈⁉」

　悪いと思っていなさそうな顔のルイ王子に言うが、王子はこたえていない。逆に青年は頭を抱えた。

「そう思いますよね？　私ももちろん反対したんですよ？　でも主張を変えないんですよこの阿呆王子」

「阿呆とはどういうことだ」

「そのままの意味です」

「おいこら！」

「あ、私殿下の従者のライルです」

「あ、どうも」

「自己紹介するな！」

ライルから差し出された手を握り返すと、ルイ王子が怒鳴る。少し落ち着いてくれないだろうか。

「まあ、とにかく、事情はわかりました」

私はルイ王子を見た。

「完全な片想いですね？」

「ち、違う！」

違うと主張するルイ王子は慌てたように手を振り回す。

「男として見られていないとか弟と思われてるからとりあえず攫ってどうにかしようとかなんて決して考えていない！」

それ考えてるって言っているようなものだけど。

かわいそうなものを見る気持ちでルイ王子を見ていたらそれがわかったのか、ルイ王子は姿勢を正した。

「ルイ王子がかわいそうな少年なのはわかりました」

「少年と言うな」

「大人に見られたいお年頃なんですね？」

「やめろ」

本気で嫌そうな顔をされた。この少年には素直さが足りない。

「まあ、そちらの話はわかったので、これからどうするかの話なのですが」

ようやく本題に入れると、そう口にすると、二人はごくりと唾を飲み込んだ。

「とりあえず、私の縄を外していただくことから始めましょうか」

私は憤慨(ふんがい)していた。

「だから！」

ドン、とガタガタ揺れる質の悪いテーブルに酒の入ったコップを叩きつけるように置く。

「被害者の言うことを聞きなさいよ！」

「いやだね！」

きっぱりとルイ王子に否定される。くうううこの小僧ううう！

私たちは今宿屋にいる。そして話し合いをかねて食事をしている。いろいろあってお腹空いたんだ。夜会でも食べたけど大丈夫。大丈夫なはず。

そしてびっくりするぐらい私たちは意見が合わない。

私の主張。

「そのままあんたたちの国に連れていってもらって誘拐した慰謝料としてお金もらってそのまま庶民暮らししたい。被害者の意見を最優先にするべき」

ライルの主張。

「帰国途中で賊に攫われているレティシア様を見つけ保護したという形で元の国にお返しする。お礼としてマリア様とルイ王子の縁談を求める。そして私はなんの罪も問われない立場でありたい」

ルイ王子の主張。

「マリアが手に入ればどうでもいい」

さりげなくライルが一番鬼畜なんだけど。

「ひどいひどい！　私誘拐され損じゃない！」

ぐいっとテーブルに置いた酒を再びあおる。ビールという庶民のお酒は初めて飲んだがなかなかおいしい。

「でも平和的解決をしないと」

ライルが言いながらサラダを食べる。

「おい、これはフォークを使わないのか？」

ルイ王子が不思議そうに料理を見ている。

「それはそのまま手掴みなの。庶民の食事知らない？」

「今まで王城で過ごしてきたのに知るわけないだろう」

それもそうか。私はいざ結婚せずに済んだときに庶民の暮らしをしても生きていけるように庶民飯も熟知していた。

「ルイ殿下は世間知らずなんです」

「おい」

「知ってる」

「おい」

世間知らずと言われたのが気に入らないのだろう、不機嫌な顔を隠そうとしないルイ王子。

「だって追手がいつ追いついてくるかわからない状況で、風呂に入れないなどありえないって主張してちょうど近くにあった村の宿に泊まるってかなり世間知らずだと思うけど」

今追手がこの街に来たらそれぞれいろいろな意味で終わる。

ライルがこくこくと頷いて私に同意する。

「一日の汚れを落とさないなんて不潔すぎる！」

「いや我慢しなさいよ！」

「僕には無理だ！　本当はこんな小汚い宿もいやだったんだ！」

「しー！　王子しー！　そんな大きな声で言っちゃだめ！」

王子の言葉でぎろりとこちらを見た宿屋の人間と目が合う。空気を読め！

王子に対して叱ると子供扱いするなと言う。子供扱いされたくないなら大人になれ。

「明日、とりあえず僕の国に向かおう」

王子が慣れない食事に四苦八苦(しくはっく)しながら言う。

「なんで？」

「お前の主張もライルの主張も、国に行ってからでも大丈夫な提案だ。着くまでまだ時間があるからそれぞれの主張をするならどうしたらよりよいか話し合えばいい」

私とライルは顔を見合わせた。

「で、殿下……」

ライルが口を開く。

「庶民飯合わなすぎてちょっとおかしくなった？」

私が言う。

「馬鹿にしているのか！」

王子が賢(かしこ)い発言を急にするから驚いただけなのに怒られた。

さて、問題は宿の部屋割だ。

小さな宿はそれなりに繁盛(はんじょう)しており、二部屋しか取れなかったのである。

私の主張。

「王子と従者なんだから二人が一緒の部屋でしょ」

ルイ王子の主張。

「僕が相部屋などありえない」

ライルの主張。

「邪魔者扱いつらい」

悲しそうにしているが、私だって譲(ゆず)れない。

「妙齢の女が妙齢の男と一晩一緒に過ごせるわけないでしょう」

「大丈夫だ、お前は色気がない！」

「なんですって！　言い直しなさい！　私は色気ムンムンだもの！　女らしいもの！」

「女らしさのかけらも見られない」

「キー！」

腹立たしい子供だ！

「二人で話を進めないで……」

「ライル……」

泣きそうな顔でライルが言う。私とルイ王子は顔を見合わせた。

「仕方ないわね」

「仕方ないな」

私とルイ王子の言葉に、ライルが嬉しそうに顔を上げた。

「あなた、見張りね」

「しっかり扉の前にいろよ」

私とルイ王子を見て、ライルは絶望的な顔をしたが、きっと気のせいだと思う。

ひとっ風呂浴びてさっぱりした私は決意する。

「よし、逃げよう」

お金がないと逃げられないと思ったが、幸いここには隣国の王子という小金持ちがいる。従者のライルからこっそりお金をすったこともおそらく気づいていないだろう。

隣国に着いてから改めて話し合おうと言っていたが、私の主張は通らないに決まっている。

服もこの宿に泊まるために目立たない庶民服を購入して着ているし、問題ない。むしろ動きやすくて好都合。

「王子、ライル、なかなか楽しかったわよ」

私は一人呟いて窓に手をかける。当然部屋は木から近いほうの部屋にしてもらった。

窓を開けると田舎特有の匂いがする。私はこの香りが好きだ。胸いっぱいに吸い込んだ。と思ったらライルが雪崩込んできて慌てて扉を閉めた。

「へ……？」

間の抜けた声を出してしまう。

私を襲いに来たのかと思ったがそうじゃないらしい。あわあわ言いながら床に座り込んでいる。そしてライルが閉めた扉が再び開き人が現れた。

「ク、クラーク様……？」

ゆっくりと部屋に足を踏み入れるクラーク様はとてもいい笑顔をしている。怖い。

「レティシア、これはどういうことだ？」

ライルを追い越して、あっというまに私のそばまで来たクラーク様は、私の両肩に手をやった。

「俺以外の男性と宿泊するとはどういうことかな？」

「え⁉　そこ⁉」

誘拐されたことについてかと思ったら違ったらしい。

まさかの部分に突っ込まれてどうしようかと思ってしまう。誘拐されたことを正直に言えばいいかと口を開こうとした私を遮ってライルが叫んだ。

「ゆ、誘拐されているレティシア様を道の途中で見つけ、保護していたんです！」

あ！　こいつ自分だけさっきの主張を貫き通そうとしてる！

「違います！　この人たちにマリアと間違われて誘拐されたんです！」

「いいえ！　保護していました！　ちなみにレティシア様はそのまま自分を連れて逃げてほしいと主張されていましたよ！」

「あー！　裏切り者ー！」

「私は自分が可愛いんです！」

ライルは必死だ。ひざまずいたままクラーク様に許しを乞う。

「私は保護していただけです！」

「違う！」

「保護！」

「違う！」

「保護！」

「ちがっむぐ」

言い合う私とライルを遮るように、クラーク様が私の口に手を当てた。

「ずいぶん仲良しみたいじゃないか」

違う！　どっからどう見てもケンカをしてる！

むがむがと違うと訴える私から視線をそらすと、クラーク様はライルを一瞥する。

「主張は王城に戻ってから聞こうか」

にこりと微笑むクラーク様。ライルが震えた。私も震えた。

　ダダダダッと走ってくる音がしたと思ったら再び部屋の扉が開けられた。

「この宿は体を洗ってくれる者がいないなんてどうかしている！　おい、どういうことなんだ！」

　世間知らずな主張をしたのは私を誘拐した犯人だ。

「あ」

　扉を開けてすぐに状況がわかったのだろう。ルイ王子は顔を青くした。

　だから！　宿に泊まるのやめようって言ったじゃない！

　ルイ王子は顔を青くしながらも、王族の礼をした。

「僕はデルバラン王国の第三王子ルイと申します」

　王族としてのルイ王子はなかなか凛々しい。

「誘拐されているレティシア嬢を見つけ、保護していました。お知らせできず申し訳ありません」

「あーー！　やっぱり裏切ったーー！」

　私が叫ぶと黙れと言うようにルイ王子に睨まれる。でも黙るもんか！

「クラーク様！　本当にこの人たちに私誘拐されたんです！　処罰を！　処罰を要求します！」

「お、お待ちください！」

「ふん、ライル、この裏切り者！　こうなったらこっちだって寝返るわ！」

私だけ売ろうと思ったってそうはいかない！　こうなったら道連れだ！

「わかった。とにかく今日はここに泊まろう」

「え？　部屋ないって……」

「二部屋あるんだろう？」

あっ、という顔をする私の頬をクラーク様は撫でる。

「ルイ殿、申し訳ないが、あなたはそちらの従者と一緒に泊まってもらおう。俺はレティシアと泊まる」

い、いやだ！

私はそう思ってルイ王子に首を横にブンブン振って主張するが、ルイ王子は嫌そうな顔をしながらライルを立ち上がらせて隣の部屋に行ってしまう。

ああ、待って！　置いていかないで！

そう思っても無情にも扉は閉まってしまう。

「レティ」

クラーク様が私を抱き寄せた。さ、触らないって約束だったのに！

「心配した……」

その声は思った以上に切羽詰まっていて、私ははっとクラーク様を見る。

そうか、私は誘拐されていたんだ。たまたま相手がよかったが、それをクラーク様は知らない。どんな思いでここまで来たんだろう。

「すみません……」

素直に申し訳ない気持ちを口にする。クラーク様がぎゅっと私を抱きしめた。

しばらくそうしていたが、満足したのかクラーク様は離れた。

「ところでレティ」

にこりと微笑む。

「俺以外の男と名前を呼び合うぐらい仲良くなっているのはどういうことかな？」

あ、これ怒っている。

その後、逃げ場のない一室で私は恐怖を味わった。

クラーク様は風呂に行ってしまった。王族は一日風呂に入らないのは耐え難いらしい。

ナヨナヨしやがって。

だが大チャンスである。さっさと逃げるに限る。

私は再び窓を開け、木を伝って下に降りる。さっと姿勢を正し走る。

「いや、逃がすわけないだろう」

スカートの裾を踏まれて強かに地面に衝突する。鼻が！　鼻が陥没(かんぼつ)したかもしれない！

この感じも覚えがあるぞ、と鼻があるのを確認するように擦りながら体を起こす。

兄がいた。

「今回はブリっ子じゃない！」

「どうでもいい」

いや、確かにそこはどうでもいいけども……。

スカートの裾を踏んでいる靴から抜け出そうともがくが抜け出せない。

「俺からうまく逃げ出しても村中に包囲網張ってるから逃げられないぞ」

くうう、完全に逃げられなくされている。

「ほら、さっさと戻れ。俺の将来のために」

「兄様はいつもそればっかり！　妹が可愛くないの!?」

「ほどほどには可愛いが俺はそれ以上に俺が可愛い」

「びっくりするほど屑な回答！」

「褒め言葉だな」

兄はにやりと笑う。

「お前には何がなんでも結婚してもらうぞ」

「いやよ！」

「本当に？」

兄が私の顔を覗き込んでくる。

「お前は本気を出せばもっとうまく逃げられるはずだ。俺の妹だからな」

「それは褒められているのかしら……」

思わず嫌な顔をしてしまったら兄が私の眉間を指で伸ばそうとしてくる。やめて！　馬鹿力で痛い！

兄の手を払いのけると嬉しそうにされる。人が嫌がることが好きだなんて本当に屑。

「クラーク殿下は悪い方じゃないだろう。お前を心底好いてるし、お前が逃げることさえしなければ意思を尊重してくれる」

「そうかもしれないけど……」

「何が不満だ？」

「自由がないのが不満」

私が言うと兄は呆れた顔をした。

「お前はそればっかりだな」

「だって……」

「たとえお前がクラーク様と結婚しなくても、そうしたら俺は他の俺の手足になる人間にお前を嫁がせる。それぐらいわかっているだろう」

「う……」

「誰とも結婚しない未来はありえない。お前は仮にも貴族の令嬢だ。爵位の低い男爵や子爵ならまだしも、お前は公爵令嬢なんだ」

「う……」

そこを突かれると何も言えない。わかっている。結婚は貴族の義務だ。兄は貴族らしい考えを持っているし、野心もある。必ず私を利用するのもわかってる。

わかっている。でも、自由へのあこがれが消えないのも事実だ。

何も言えないでいる私に兄はため息をつく。

「クラーク殿下は俺と違って優しい男だ。俺はこの計画を伝えたとき、レティシアを手籠めにしてしまえと言ったのに、そうしないでいてくれる男なんかそうそういないぞ。据え膳目の前にしてるんだからな」

「ん？」

何か今言った。

「計画って何？」

「何って、お前の仮面はがして結婚させる計画だ」

「はー!?　初耳なんだけど!?」

「本人に言うわけないだろう」

兄がしれっと告げてくる。

「待って待って、じゃああのとき、クラーク様がブリっ子を連れてきてたのって……？」

「俺の指示に決まっているだろう。あのお前一筋男が浮気するか」

「そ、そのあと私を攫うように城に連れていったのは……？」

「俺の指示だ。結婚式まで囲って、どうせだから手っ取り早く既成事実を作れと言ったのにそれには従わなかったな」

「ブリっ子に妃教育したのは……？」

「俺が手配した。うっかり王子と結婚したいと思わないように、早めに音を上げるよう、お前より厳しめにお願いした。あ、城下に話を流すようにしたのはクラーク殿下だ。俺はお前が結婚さえしたらお前の評価はどうでもいいからな」

「逃げても逃げても追いかけてくるのは……？」

「逃がすなとは言ったが、本人自ら追いかけるのは、本人の意思だろうな」

「誘拐は……？」

「さすがにそれは想定外だ」

唖然とする私に兄はにやりと笑う。

「婚約期間が十年。その間いつでも手を出すなりなんなりできたはずなのに、お前と毎日一時間話すだけで満足してくれる男が、自分でこんなこと思いつくか？」

私は懸命にこの十年間を思い出すが、手を握られた記憶も、王城に連れていかれるまではなかった。確かにいくらでも機会はあったはずだ。

「クラーク殿下が俺にお願いしてきたんだ。レティシアをレティシアらしくしてあげたいって。仮面を外したいとな。俺はその仮面を外す方法を教え、その後のお前の行動を予測して計画を考えた」

お前の性格を一番わかっているのは俺だからな、と兄は言う。

「あれは俺よりいい男だ。俺の悪巧みにすがってしまうぐらい、恋に溺れる愚かな男だよ」

じゃあ、私の婚約破棄宣言のときに、クラーク様が嬉しそうにしてたのって……私が突拍子もないことするたびに、楽しそうだったのって……。

あまりのことに何も言えない。

全部、全部、この兄の掌の上で踊っていただけだ。

「悔しいー！」

「おいおい無駄な抵抗はいい加減やめろ」

兄が踏んでいるスカートを抜こうと暴れるのを兄に押さえられる。悔しい悔しい！　この屑！

「荷物みたいに運ばないで！」

兄は私の抵抗などないことのように、私をひょい、と肩に担ぐ。

「これが一番持ちやすい。俺は優しくないからお姫様抱っこなんかしてやらないぞ」

私を担いですたすた宿屋に戻る。泊まっていた部屋の扉の前で無造作に降ろされる。お尻打った！

「優しくない」

「だからそう言っているだろう」

「悪魔！」

「なんとでも」

でもな、と兄は言う。

「俺は一応、お前を幸せにしてくれる男にできれば嫁がせたいと思う程度には、お前のことを可愛いと思っているぞ」

そう言って、扉を開ける。

「一度ぐらい、しっかりと向き合ってみろ」

開いた扉の向こうには、クラーク様がいた。

無情にも扉は閉まってしまう。

目の前には風呂上がりのクラーク様。そして逃げそびれた私。隣の部屋からはケンカしているライルとルイ王子の声がする。

「あ、あのー……」

どうするべきかわからず、とりあえず声をかけたが続く言葉は見つからない。

そんな私の様子に微笑みながら、クラーク様は手招きする。

「レティ」

部屋に備えつけられている椅子に腰かけると、同じように対面の椅子に座っているクラーク様が話しかけてきた。

「ナディルが何か言ったか?」

ナディルとは兄のことだ。

「いえ……」

「そうか」

「いや……いろいろ聞きました」

「どんなことを?」

優しい笑みを浮かべるクラーク様。私は先ほど兄に聞いたことを思い出す。

「その、ここ最近のことは計画だったと……」

「そうだよ」

あっさりと認められてしまった。

「俺は君に謝らないといけない」

クラーク様の言葉に驚いてその目を見つめた。

「謝る?」

「そう。小さい君の自由を奪って、本当の君を出せなくしてしまった」

クラーク様が暗い顔をする。

「でも、それは、王族の婚約者になったらしなければならないことで、クラーク様のせいでは……」

「そうだ、そうだな。でも、それは俺が君がいいと言ったからにほかならない」

確かにクラーク様が私を気に入ったから私は婚約者になった。そのときからそれまでの生活とは一転して厳しい妃教育を受けることになった。

「それでもあのとき婚約しなければいけなかった。当時すでに俺には山ほど縁談が来ていたし、君も公爵令嬢だ。すでに縁談が決まっていてもおかしくはなかった。急がなければ奪われると思った」

貴族の婚約は早い。早ければ早いほど婚約は強固なものになるからだ。

「日に日に作り笑いしか返してくれなくなる君に、俺は戸惑った。どうしたらいいだろうと考えたが、思いつかず、もうすぐ結婚というところまできてしまって、焦ったんだ」

　クラーク様が顔を伏せる。

「君の兄は野心家だ。確実に君を俺と結婚させたいはずだし、君のことをよくわかっている。だから、相談した」

　クラーク様は顔を上げない。

「レティシアの仮面を外すにはどうしたらいいかと。君に俺を認識させるにはどうしたらいいかと」

「それがあの偽恋人を連れてくることだったんですか？」

「そうだ」

　クラーク様は俯いたまましゃべっている。

「私に恋人ができたと知ったら、君は喜んで婚約破棄を言いだす。そうすれば君はもう王子の婚約者をしなくてもいいから仮面を外すはずだ、というのがナディルの計画だった」

兄はどこまで人の行動が読めるのだろうか。我が兄ながら恐ろしい。

「閉じ込めたのも？」

「君は全力で逃げるからそうしたほうがいいと。公爵家としても許可すると言われた」

聞けば聞くほど兄の思うつぼだ。

「手付きにしてもいいと言われたが、そんなことはとてもじゃないができなかった」

「それに関しては全力で感謝を申し上げます」

手を出されなくてよかった。

「当たり前だ。そんなことをしたら、君は永遠に得られない」

ようやく顔を上げてくれた。

「あの」

私はクラーク様を見つめたまま話す。

「私、恋だの愛だのって、よくわからないんです」

「うん」

「だから、とても時間がかかると思うんです」

「うん」

「そ、それに、自由へのあこがれも捨てきれないんです」

「うん」

「たぶん、ふとしたときに逃げてしまうかも」

「うん」

クラーク様は柔らかく笑う。

「いつまでも待つ。結婚したら公務はしてもらわないといけないが、それ以外は自由に旅行もしていいし、君の望む通りにする。逃げるのは困るな……追いかけてもいいだろうか？」

クラーク様が見つめてくる。私は覚悟を決めた。

「はい」

クラーク様は驚いたように目を見開いた。

「いいのか？」

「はい」

私は意を決して、テーブルの上にあるクラーク様の手を握る。

「クラーク様と結婚しなくても、誰かと結婚しなきゃいけないし。それならクラーク様がいいと思います。正直言うなら顔も声もタイプです。あと、強引なのに、私に甘いところとかも嫌いじゃないです」

いい加減、覚悟を決めた。

恋だ愛だはまだわからない。でも待つと言ってくれたこの人を信じよう。

クラーク様は目を見開いた顔から、徐々に破顔(はがん)した。

それは小さいころのかすかな記憶にある少年の顔に、よく似ていた。

「マリア、結婚しよう」

「え、無理です！」

あっけなく断られた少年王子は滑稽だった。だがまだあきらめないらしい。なんでもこちらに留学するよう手配しているとか。あきらめが悪い。

ライルは帰りたいとぼやいていた。無理だろう。あきらめたほうがいい。

今回の私の誘拐は、なかったことになった。他国の王子に誘拐されるなんてとんだスキャンダルだし両国の関係に亀裂が入る。幸い向こうの国にもこちらの国にもほぼ知られていない。子供のすることだと大目に見てほしいと私からも頼んだ。ひどい目にはあってないし、自分が原因で戦争なんて始まったらたまったものではない。

そうして帰ってきた王城で、私は今寛いで……ない。

「何これ」

「鉄格子でしょうね」

さらりとブリっ子が言う。

「え、いやなんで？」

「あなたのお兄さんが指示してたわよ」

また、兄か！

「レティシアのことだから、王城に着いたらやっぱり気が変わったと言って逃げ出しかねないから、式まではここに入れておくようにって」

兄、本当に優しさのかけらもないし、抜け道も潰す男だな。

「いい天気ね」

そう言ってブリっ子が目を向けたのは、この部屋の窓。青空が見える窓には鉄格子がはまっているため景観を大幅に損ねている。

「ここに来るまでの廊下の窓にも同じの嵌ってたわよ」

これ以上絶望を与えてくれるな。

「ああ、せめてただの鍵ならなんとかなるのに」

「なんとかって？」

「ピッキング」

答えた私にブリっ子は呆れ顔だ。

「あんたどこを目指してるの」

「私は私の自由のために十年間いろいろな技を磨き上げてきたのよ」

自由にあこがれ、もし叶わないならばいつか逃げようと決めてから十年。無駄に時間だけを費やしていたのではない。逃げるために、忙しい妃教育の合間にいろいろとやっていた。王城の地図の入手。ピッキング技術の習得。王子の付き人からの情報の買収。ハニートラップは失敗に終わったけど。

「ねえ今からでも王妃にならない？」

「ならない」

ブリっ子にお願いしたら一瞬で断られた。悩む仕草ぐらいしてくれてもいいと思う。

「私、あんたのお兄さん狙いにしたから。公爵家跡取り。顔よし、頭よし、高身長。最高じゃない」

「性格には難あるよ」

「小姑も嫁に行くし」

「出戻るかもよ」

「追い出すわよ」

未来の義姉になるかもしれない人がひどい。できる限り兄にはこの女はやめておけと助言をしよう。いや、兄も相当だからお似合いかもしれない。

「で、何か用で来たの？」

「ええ」

ブリっ子は微笑む。

「あんたの足止め」

そう言うとブリっ子の後ろで扉が開いた。

「いやああああああ」

ウェディングドレスを着せられながら叫ぶ。

「奥様、観念してください」

「急すぎるものおおおお」

「急がないと気が変わるってお兄様がおっしゃってましたから」

「兄いい恨んでやるうううう」

「往生際が悪いですよ」

「悪くていいいいい」

泣きそうになる。ちなみに泣くのは化粧係にかなり怒られたので我慢している。化粧が崩れるんですって。ひどい。

「ブリっ子おおお裏切り者おおおお」

「だって、あんたのお兄さんからのお願いだから」

ごめんね、とブリっ子が久々にブリっ子する。うざい。うざいいいいい！

「さあ準備万端ですわ」

「奥様綺麗です」

「ううううう……」

しっかり仕上げられてしまった。

「さ、時間も押してますから早く行ってくださいな」

嫌だ。いや、嘘だ。本気で嫌ではなくなってしまって戸惑っているのだ。

でもそんな私の気持ちなんて誰も気にしてくれない。

さっさと恐怖の扉の前に立たされてしまった。

「帰りたい……」

「あきらめが悪いわよ」

私の後ろにブリっ子が立つ。

「さあ、行きなさい！」

背中を強く押される。そのまま勢いで扉を開けてしまう。

ああ、もう逃げられない……くそ女は度胸だ！

気合を入れて前を向く。歩きながら耳は拍手を拾い上げる。祝福されている。それにむず痒さを感じている時点で、いずれこうなる運命だったのだろうと思う。

「ああ、綺麗だよ、レティ」

クラーク様のところまでたどり着くと、うっとりした声音でささやかれた。

「……クラーク様も素敵ですよ」

「嬉しいね」

相変わらずの綺麗な笑顔だ。

目の前にいる神父が何やら話しているがそんなことどうでもいい。私は今の自分の感情を持て余していっぱいいっぱいだ。

覚悟は決めたはず。はずなんだけど、やっぱり実際となると違う！

いろいろな感情が混ざり合って混乱する。でも嫌ではない。いつのまにか嫌ではなくなっている。この感情をどう扱ったらいいかわからなくて、持て余してしまう。

「レティ」

クラーク様が耳元で話しかけてくる。

「どんなに逃げても、必ず追いかけるから」

そう言うと綺麗な顔を私に近づける。

ちゅっ、という音が聞こえた。

途端沸き上がる歓声。鳴り止まないファンファーレ。目に入るによによ顔の兄とブリっ子。大泣きのマリアに、その隣でマリアの涙を拭うルイ王子。どうでもよさそうなライル。

ああ、逃げられない。

なんとも言えない気分になりながら、私を抱きしめる背中にしがみついた。

クラークの初恋

つまらないな。

次期国王としての教育を施される日々。貴族たちのこちらの顔色を窺う様子にも飽き飽きする。

毎日同じことの繰り返し。

それに加え、最近は婚約者を決めてもいい時期だとあちこちから声をかけられる。

つまらないな。

そればかり思考してしまい、ため息を漏らす。

近道しようと中庭を通るとそよぐ風を感じた。

「ぐぉおううう」

何か聞こえた。

獣かと思い、あたりを見回すも何もいる様子はない。

「ぐうううう」

でもやっぱり聞こえる。

気になる音のもとを探ることに躍起になってくる。

「ぐううえんぐううぅ」

この木からだ。

そう確信して一本の木の前で立ち止まる。

木を念入りに見るも特に動物が隠れている気配もない。不思議に思っているとまた音がする。

「ぐええうんぐうううううぅ」

上だ！

ぱっと上を仰ぎ見ると、人影が見えた。目を凝らすとそれは小さな女の子だとわかる。

「ぐうううううん」

……音は女の子から聞こえた。

「……いびき？」

子供はこんなに大きないびきをかくものだろうか。聞いたことのない、いびきに妙に感心してしまう。

それにしても、木の上で寝るのは危ない。そう判断して少女に向けて声をかける。

「君」

「ぐうううう」

「おい」

「ぐううえ」

「起きなさい！」

「うひゃ！」

普通に声をかけても起きない少女に苛立ち少し大きめの声で言うと、少女はびっくりしたようで飛び起きる。

「あ」

木の上で飛び起きたらどうなるかなどわかりきっている。

上から落ちてくる小さな存在がスローモーションで近づいてくる。とっさに手を伸ばす。

「ぐふっ」

腹部に圧がかかり苦しい声が漏れる。小さい少女だが上から落ちてきたら当然重い。衝撃で閉じてしまった目を開ける。

少女はぽかんとした顔で俺を見ている。寝起きで状況がまだわからないのだろう。綺麗なドレスを着ていることから上級貴族の娘だろうと思うが、こんな木の上で昼寝するようなご令嬢は初めてかもしれない。

少し眺めて怪我がなさそうなことに安心する。

少女はしばらくそのまま俺と視線を合わせていたが、ふ、と気がついたように口を開いた。

「ありがとう！」

花のような笑顔だった。

「………」

これまで人の笑顔は見慣れているはずなのに、見惚れた。

こんなに邪気のない笑顔を見たのは初めてだ。

長いまつげに縁どられた目を細め、口も大きく開け、にこりと笑う。

可愛い。

素直にそう思った。

「重いよね、退くね！」

少女が自分の上からいなくなると、その重さがなくなったことにがっかりした。

「レティシア！」

大きな声がした。

「父様！」

少女が嬉しそうに声の主に駆け寄った。

「お前はまた木の上で寝たのか！」

「だって気持ちいいんだもの！」

「ここではもうだめだ！」

「ケチ！」

少女が頬を膨らませる。その頬を触りたいなと思った。

「殿下、申し訳ございません」

父様と呼ばれた人物は俺に頭を下げる。

「いや、大丈夫です」

そう答えて立ち上がる。

「娘がとんだご迷惑を。ほら、レティシア、お前も謝りなさい」

「ごめんなさい」

「気にしなくていいですよ」

微笑むと、ほっとしたように息を吐かれた。

「あなたもたまにここで寝るといいわよ。気持ちいいの！」

「こ、こら！　失礼しました。では……」

娘がこれ以上失礼をしないようにと思ったのだろう、少女の父親は少女を抱きかかえて足早に帰っていった。

「レティシアか」

父親が言っていた少女の名前を口にする。

――あの娘に、もう一度会いたい。

――あの娘に、触りたい。

初めての感情だった。胸が温かくなる、満たされる感情だった。

胸に手を当てたまま、そこから去って王城の中に戻る。

父に言わなければいけない。

欲しいものができたと。

それからほどなくして、レティシアと婚約した。

父親である公爵より、その息子のほうがとても喜んでいたと公爵家に伝言を伝えてきた従者が言っていた。

なるほど、レティシアの兄は下心が満載な人間のようだ。注意しよう。

レティシアは婚約成立してから毎日王城に来ている。妃教育が早くも始まっているのだ。まだ七歳と思うが、こういったことは幼いうちからやるのが普通だ。レティシアは小さな体で、必死に教養を身に着けようと頑張ってくれている。

可愛い。

懸命なレティシアはとても愛らしく、俺はそれをこっそり覗きに行っている。

可愛い。

もちろん可愛いレティシアを独占するために、城に来る日は毎日一時間ほど一緒にお茶を飲む時間を設けている。

俺が話すことにレティシアは相槌を打ってくれる。それは嬉しいが、レティシアからはあまり話してくれない。妃教育が始まってからのレティシアにはあのときのような軽快な様子は見られず、それこそ令嬢の鑑と言われるほどだ。

教育のせいだろうか。自分のせいで彼女は変わってしまったのだろうか。

罪悪感はあるが、それでも彼女が欲しい。

どうしても手放すことができず、かといって二人の距離が縮まったかと言えばそうでもなく、気づけば十年が過ぎていた。

自分だってただ手をこまねいていたわけではない。お茶の時間には精一杯レティシアの頑張りを褒め、労り、つらい思いをさせてすまないと伝えていた。だがそのどれも彼女の耳には届いていない様子だった。気晴らしに外出しても、贈り物をしても反応は変わらない。

できれば自分の力であの笑顔を取り戻したいと躍起になったのがいけなかったのだろうか。

これはまずい。

さすがに焦りを感じて、本来ならあまり呼びたくない人間に声をかけた。

「で、どう思う？」

レティシアの兄、ナディルは飄々としている。

「何がですか？」

「レティシアが俺をどう思ってるか知りたいんだ」

そう言うと、ナディルは手を顎に当てる。

「それははっきり言ってもいいんですか？」

「大丈夫だ。何を言っても気にしない」

「では」

ナディルは意を決した様子で口を開いた。

「そもそもかけらほども興味を持たれていません」

あまりの言い草に一瞬愕然とするが、すぐに、やはりな、という思いに変わる。

「そうか……」

「婚約している王子様として認識はしてますが、あくまでそれだけです。恋だの愛だのではないです。顔を覚えているかすら怪しい」

想像以上の状況だった。

「嫌われているのか？」

「そんな感情すら抱かれてないかと。たぶんどうでもいいと思ってます」

俺の口から嘆息が漏れる。

「こんなに愛してるのに……」

「完全に一方通行ですね」

容赦がない。

「今まで話しかけてもなんの手ごたえもないのは……」

「小鳥のさえずり程度に聞こえてると思います」

つまりすべて聞き流されている。

「俺としては、殿下とレティシアが結婚さえしてくれればいいんで、今のままでも問題ありません」

「俺にはある」

ナディルの言葉を遮るようにして言葉を紡いだ。

「困ったな。このままだとレティシアとの結婚がどんどん遠ざかるかもしれないな」

「殿下」

ナディルが困った声を出した。

「レティシアの素を引き出したいんだ」

「はあ」

「俺は仮面夫婦をしたいわけじゃない」

「はあ」

「そのままの彼女を愛している」

「はあ」

ナディルは相槌しか打たない。

「どうにかなるか？」

「そうしたら結婚していただけると？」

「そうだ」

俺は頷く。ナディルは笑う。

「殿下、殿下がレティシアに惚れていることがわかっているのだから、その脅しは効きませんよ」

「いや、俺はレティシアの気持ちが固まるまでは子は作らない」

きっぱり言いきる俺に、ナディルは口を開いて驚いた顔をする。

「俺とレティシアの間に子ができなければ困るだろう？」

「そんなことできるわけ……」

ナディルにしては珍しく、動揺の窺える口調だ。俺はその様子を見て笑みを浮かべた。

「弟がいる。それの子に跡を継がせればいいだけだ」

「弟殿下はまだ二歳でしょう」

「いずれ成長する。あの子が子を成せる年になるのなど一瞬だ」

「……………まいったな」

ナディルは困ったように髪をかき上げた。

「どうすればいいと思う？」

再び問えば、ナディルは仕方ないという様子で口を開く。

「まずは認識してもらうのが大事では？」

「どうやって？」

ナディルは考えを巡らせているようだった。しばらくそうしていたかと思うと閃いたようで顔を上げた。

「レティシア以外の恋人を作る」

「却下だ」

「フリでいいんですよ」

即答すると慌てたようにナディルが言う。

「レティシアはずっとこの婚約をなくそうとしています」

「ああ、何人か送り込まれた」

「あ、バレてたんですね」

レティシアと婚約してからやたらと強引に絡む人間が出てくるようになった。これまでも女性から声をかけられることはあったが、あからさますぎる。

しかもそれぞれタイプの違う人間を送ってくる。この間は男に迫られた。誰でもわかる。

今度会ったら安い金で人を雇うなと言わなければいけない。

俺に送ってくるならもっと熟練の人間にしなければ意味がない。そういう人間を雇うのは高額だ。

「まあそれは別として。逃げたがっているレティシアに、殿下が別の女性と一緒にいるところを見せたら喜んで正体を現すと思います」

「ほう」

「そのときたぶんいろいろ言われると思いますが、絶対に、絶対に、絶対に、婚約を破棄するとはっきり言ってはいけませんよ」

すごく念押しされた。

「うまくいくと思うか？」

不安で聞いたら、ナディルは胸を張った。

「何年妹を見ているると思っているんですか。あいつの性格はよくわかります」

不安がまだないわけじゃないが、他に頼れる者がいない。

このままじゃ仮面夫婦になるだけだ。やらないよりやってみよう。

「相手は誰にしたらいい」

「適当にチョロそうなのにしたらいいんじゃないですか」

「チョロそうなのか……」

あたりを見回してみる。

今いる場は夜会の会場だ。今回はレティシアは参加していないため、聞かれる恐れがないと思い、ナディルに声をかけた。

ふと、一人の令嬢が目に入る。一人の男性貴族に声をかけ腕にすり寄っている。男性貴族は慣れた仕草でそれを払いのけると去っていった。令嬢はしばらくその場にいたが、テーブルにあるワインを手にする。

一気に飲んだ。

バン、と勢いよくテーブルにワイングラスを置く。

「ちっ、この巨乳に靡かないなんて、ついてるもんもついてないんじゃないのあいつ」

舌打ちしながら漏れた声は先ほどとはまったく違う。

じっと見ていると目が合った。

「王子殿下ぁー」

声が一瞬で変わった。これはすごい。

「どう思う?」

ナディルに聞いてみた。ナディルは令嬢を確認すると頷く。

「いいんじゃないですか、チョロそう」

ナディルからの同意を得て、決意をして足を踏み出す。

チョロそうな令嬢に声をかける。

「やあ、少しいいかな」

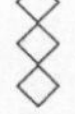

結果は半分成功、半分失敗といったところだ。
なぜならレティシアは想像したより素早く領地に身を隠してしまったからだ。
「うまくいくって言っていなかったか?」
恨みがましくナディルを見れば肩を竦められた。

「いや、まだこれからですよ」

「何？」

「今回のことでようやくあいつは殿下のことを目に入れましたからね。これからが本番です」

なるほど。確かに、ナディルは、そもそも認識させるのが重要だと言っていた。

今回のことはレティシアに認識してもらうための第一歩だった。

「次はどうすればいい？」

俺が問うと、ナディルが悪い顔をした。ナディルが告げた次の計画に俺は顔を顰めた。

「それは……」

「他に方法はありませんよ」

ナディルに言われ、俺は少し考える。

「レティシアに会ってから決める」

レティシアが逃げた先は、ドルマン公爵の持つ領地の中でも田舎に分類されるところだ。
自然が豊かで、なるほど、これはレティシアが気に入るだろうなと思った。
屋敷に近づくと、スキップするレティシアを見つけた。その表情はあの落ちてきたときと同じ、屈託のない笑顔だった。

やはりレティシアはレティシアのままだ。

彼女が変わっていなかったことに安心すると共に、無理をさせていたことにまた気が沈んだ。

妃教育はもうなしにしてもらおう。基本もすべてレティシアは身に着けている。今はただ復習を繰り返しているだけだ。もう必要ではない。

楽しそうなレティシアについていくと川に出た。いそいそ糸の先に餌をつけている。そういえば、レティシアに婚約破棄宣言されたときに、釣りについて言っていたなと思い至る。二人での茶会で何度訊ねても知れなかったことを知れて感動する。

とても嬉しそうなレティシアを見て、王城に川を作ろうと決意した。

魚が釣れたレティシアは、とても慣れた仕草で調理していく。火起こしもできるのは驚いた。

レティシアは自分の釣った魚を串に刺して焼きながらによによしている。

可愛い。

はしゃぐレティシアはとても可愛い。

「楽しそうだな」

声をかけるとレティシアは、今俺に気づいたらしい。驚いた顔をしていた。

仮面が完全にはがれているのを見て、笑みが漏れる。

「クラーク様」

俺に気づいて、少し戸惑った様子を見せたものの、態度を改めたりはせず、無作法なまま、俺を見た。

「何か御用ですか」

焼き上がった魚に口を付けている。

魚を小さな口に運びながら嬉しそうにしているレティシア。うまく焼けたのだろうか。

「それは昼食か？」

「はい。おいしいですよ」

「自分で釣ったのか？」

「ええ、私釣りと木登りと足の速さには自信があります」

もぐもぐ食べながらしゃべる様子はリスのようだ。

食べ終わるとレティシアはまた釣りを再開した。鼻歌を歌って楽しそうだ。おそらく俺のことを忘れている。

楽しそうなレティシア。のどかな村。たまに魚が跳ねる川。

レティシアの好きなものが詰まっている景色を眺め、ほっと息をついた。

鼻歌を歌うレティシアの隣に腰かけると、レティシアは、はっとした様子でこちらを見た。完全に忘れていたようだ。レティシアが口を開く。

「で、何か御用で？」

「いや別に？」

「え？」

困惑した顔も可愛い。

「君は今生き生きしているな」

「ええ、自由ですもの」

「やっぱり君は変わってなかったんだな」

「は？」

こちらを向き、ますます訳がわからないと眉を顰められた。

「俺がなぜ君と婚約したか知ってるか？」

「いや興味なかったんで知らないです」

即答された。

ナディルの言っていた通りだった。まったく視界に入っていなかったことに悲しくなる。

「木からね、落ちてきたんだ」

レティシアは相変わらず困り顔だ。

「十年前、ドルマン公爵と一緒に王城に来ていた君は、城の中庭で木登りをしただろう。そのとき偶然そこを通った俺の上に君が落ちてきたんだ」

そう言うとレティシアは一瞬視線を上に向ける。おそらく昔を思い出しているのだろう。

「驚いている俺の上に乗ったまま、君が笑ったんだ」

魚が釣れてレティシアの視線が外れてしまったが続ける。レティシアは、やはり慣れた仕草で魚を処理する。

「それがとても可愛くて」

串に刺す。

「一目惚れしたから婚約を申し込んだんだ」

「あんたのせいか！」

「今の流れは喜ぶところじゃないだろうか」

「嬉しくない！　そのせいで十年も苦痛の日々を過ごしたんだから！」

かみつくように叫びながらレティシアは火を起こす。その器用な様子に惚れ惚れする。

今まで見られなかったレティシアが見られて嬉しい。

「でも君だって婚約が嫌だと俺にはっきり言わないのに、定期的に女性を送ってきてただろう」

「バレてた！」

やはりバレていないと思っていたのか。少しがっかりしている。

「あ、ちなみに俺と君、婚約まだ継続中だから」

「は？」

大事なことなのでしっかり伝えるとレティシアはぽかんと口を開けた。俺はその様子を微笑んで見つめながら立ち上がる。

「近々迎えに来るから、それまでのんびりしてくれていい」

「は、はぁ⁉」

絶叫を背に退散する。

彼女はまだ俺をようやく目に入れたところだ。ならそこから恋慕に持っていくにはどれだけ時間がかかるかわからない。

俺はナディルの提案を頭に思い浮かべた。その通りにするのは癪だが仕方ない。

準備をしなければいけないな。

逃げられないように早急にしなければいけない。俺はこれからしなければならないことを頭で確認し始めた。

◇◇◇

レティシアと結婚できた。

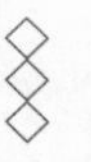

その幸せをかみしめていると余計な声が気分を害する。

「当たり前でしょう。レティシアが勘違いするように、パーティーを手配して、招待客はうちの手の者にして話が漏れるのを防いで。そのあと逃げるレティシアを適当にうちの田舎領地に行くように唆して。王都に戻してからは逃がさないよう王城に囲う手配をして。俺がここまでお膳立てしているのに結婚できないなどありえません」

「恩着せがましいな……」

ナディルの言葉にげんなりしながら言う。ナディルはとてもいい笑顔だ。

「あとはレティシアと世継ぎを作ってくれれば俺は満足です。よろしくお願いしますよ」

「ああ、レティシアがいいと言えばな」

そっけなく返すとナディルは驚いた顔をする。

「……初夜、済ませてますよね？」

「していないが」

答えると口を大きく開けられた。

「レティシアがいいと言うまで手出ししない」

「嘘でしょう？」

「嘘じゃない。俺はいつまでも待つ」

俺はナディルに向けてにやりと笑った。

「下手(へた)したら、何十年も先かもしれないな？」

ナディルは悔しそうな顔をする。俺はそれに満足する。

なんでも自分の思い通りになると思うなよ。

素の状態のレティシアと結婚するために手を組んだだけで、結婚さえしたらあとはいくらでも口説く時間があるのだ。子供を作ることを条件に協力してもらったが、いつ作るかは言っていないのだから問題ない。

早く王家との関係を強固なものにしたいナディルにはたまらないだろう。

「恋に狂った男は予測不可能だ……」

ナディルが呟(つぶや)くように言った。俺はその通りだな、と思って鼻で笑った。

◇◇◇

「マリア、さ、これ着てちょうだい」

「いやです!」

「私主(あるじ)! あなた侍女! はい、権力の差!」

「私の直属の雇い主はクラーク殿下なので!」

マリアの反撃に、悔しげにするレティシアは可愛い。ぎりぎり歯ぎしりしている。興奮して俺が入ってきたことに気づいていないらしい。間抜(まぬ)けなところも可愛い。

「それなら私は……お、お、王太子、妃、なのよ……!」

顔を真っ赤にさせながら自分の身分を主張している。マリアは呆(あき)れた顔をした。

「いい加減照れながら言うのやめてくださいよ……こっちが恥ずかしくなります」

「て、照れてなんて、ない……!」

「いやバレバレな嘘とかいいんで。結婚できて幸せってはっきり言ってくれたほうがいいです」

「ち、違うもん……！」

「その顔は説得力ありませんよ」

違うー！　と主張するレティシアの顔は真っ赤だ。なるほど、確かに説得力はない。

「マリア、あなたすごく失礼よね……」

「裏表(うらおもて)ない性格なんで！」

にこっと笑うマリアはなかなかいい性格をしている。頬の赤みがだいぶ落ち着いたレティシアが再びマリアに何かを押しつけている。

「もう、なんでもいいからこれを着なさい！」

「絶対に、絶対に、着ません！」

「いいからこれ着てルイ王子悩殺(のうさつ)してきてよ！　その様子見て大笑いしてやるから！」

「ルイ殿下をからかうために私使うのやめてくださいよ！」

マリアがぐい、とそれを押し返し、レティシアもそれを押し返す。

「これ着ていけばあのわがままな少年王子は鼻血出して倒れるから！　刺激強すぎて！」

「そりゃ刺激強いでしょうね！　こんだけ透(す)けていたら！」

二人の間をぴらぴらしているものが行き来している。薄い生地のそれは、確かにまだ十三歳の少年には刺激的すぎるだろう。

「このネグリジェわざわざブリっ子から取り寄せたのよー！」

「そんなことに労力使わないでくださいよ！」

ぎゃーぎゃー騒ぐ二人に近寄る。間にあるネグリジェを取り上げた。

「あ」

二人が固まる。

「レティ」

俺はにっこりと微笑んだ。

「もしかして、これを着てくれるのかな？」

耳元にささやくように言うと、沸騰(ふっとう)するんじゃないかと思うほど顔を赤くする。

「そ、そ、そ……」

言葉が出ない様子で口をパクパクさせている。

可愛い。

「それはまだ早いー！」

ネグリジェを俺から奪い返すとそのまま扉を開けて走り去ってしまった。駆けだしたレティシアを追っているのだろう。兵士たちの「王太子妃様ぁ！」という声が響いている。

さて俺も追いかけなければ。

あとどのぐらいで捕(つか)まえられるか考えながら、レティシアのあとを追った。

着たいわけではない

「ちがーう！」

「何が!?　ぶふっ」

扉を開けてすぐに手にしていた物を部屋にいた人物めがけて投げつけると、見事に的中した。

「なんだー！　なんだこれはー！」

顔に纏わりついたそれをはがそうと躍起になっているが見事に頭を包み込むようにして絡まっており、なかなかはがれない。その様子を見て少し気分がよくなる。

「ふん！　そんなものあんたにくれてやるわ、ありがたく思いなさいよね！」

「だからこれはなんなんだー!?」

取ろうともがいて少年王子は暴れ回る。せっかくの麗しい顔も見えないとただの阿呆が阿呆な行動しているだけだ。

「スケスケセクシーネグリジェよ！」

「は？　……はぁ!?」

　一瞬理解できなかったようだが、数秒してわかったらしいルイ王子はさらに激しく暴れ回る。

「僕に卑猥(ひわい)なものをかぶせるなー！」

「普通にネグリジェって言ってよ。もっと卑猥なものに思えるじゃない」

「十分卑猥だー！」

　ついに座っていた椅子から転げ落ちて床でのた打ち回っている。ちなみにライルはそれを助けるでもなくただただ見ている。本当にいい根性してる。

「こんなこと僕にしてただで済むと思うなよー！」

「ただで済むにきまってるじゃない。私、一応、お、おう、王太子妃なのよ！」

「いちいち口ごもって言うな！」

「そんなのどうでもいいでしょうが！」

　どいつもこいつもいらない部分ばっかり気にするんじゃない！

「私、この国の次期王妃。あんた、ただの隣国の第三王子。おわかり？」

「こいつ権力思いっきり振りかざしてる……！」

「だから私のストレス発散道具になりなさいよ！」

「お前最悪だな！」

「うるさい、あんたをちょっとおちょくって遊ぶだけじゃない！」

「やーめーろー！」

床で暴れ回っているのをコロコロ転がしてみると、不快感を主張してくる。でもやめない。

ふん！　前に私を縄で縛り上げたんだからこれぐらい、いいでしょう！　クラーク様や兄以外には誘拐されたこと黙っててあげてるんだから！

「ライルー！　ライルー！　助けろー！」

「すみません。私、権力に従う性質なんで」

「この役立たずがー！」

主従コンビが楽しそうにしている。仲良しだ。

それを見て少し冷静になったので転がすのはやめた。

顔にまだネグリジェを張りつけたまま、ルイ王子が言った。

「酔った……」

「かわいそうに……」

「お前がやったんだからな……？」

「もっとやってもいいんだけど？」

「いいい、いらない！　いらない！」

床に寝転んだ状態のまま、必死に首を横に振る。ふむ、仕方ない、このへんにしておいてやろう。

「ところで」

ルイ王子がなんとか上体を起こした。ライルはもちろん助けない。

「違うってなんだ?」

入室時に言った言葉をしっかり聞いていたらしい。

「……違うのよ」

「ん?」

「だから、別に、私が着るとかそういうのじゃなくて、とっさに出てしまっただけであって」

「ん?」

「だから違うのよー!」

「うわあああああ」

再び転がすとルイ王子が大きく叫ぶ。

違う違う違うのだ。まだ早いとかそういうのじゃなくて、そんな言葉を言いたかったわけではなくて!

そもそも着ない! 着ないんだから!

「レティ?」

「ひょえ!」

ここで聞くことがないと思っていた声が聞こえて飛び上がる。

クラーク様が扉を開けて微笑んでいる。

「俺は、逃げても追いかけると言ったけれど、男の部屋に逃げ込んでいいとは言っていない」

「ひえ」

思いっきり怒っていらっしゃる！

「男って……子供だし……遊び道具だし……」

「おい」

「遊び道具でもだめだ」

「おい」

ルイ王子がしっかり私たちの言葉に反応するが、そんなのは気にしていられない。

私は迫りくるクラーク様をどうにかしなければいけない。

「えへ、ちょっと異文化コミュニケーションを図ろうと」

「そういうのは俺と一緒にやろうか」

あ、やっぱりこの言い訳じゃだめ？

あっさり近寄ってきたクラーク様に横抱きにされた。

お姫様抱っこ！　俗に言うお姫様抱っこー！

「やあ邪魔したね。ああ、それはどうぞもらってくれ。俺はきちんと自分で贈るから」

贈るって何⁉　贈るって何ー⁉

そう叫びたいも声にならない。

「では失礼」

クラーク様が部屋から出る。すたすた歩くその後ろからルイ王子の大声が響いた。

「今度から入室前にノックをしろー！」

ごもっともである。

ちなみに後日マリアから、ルイ王子からネグリジェが届いたとクレームをもらった。着てあげればいいと思う。

断じて、着たいわけではない

「ネグリジェが届くのよ」

「え？　何？　のろけ？」

「ちがーう！」

ブリっ子が見当違いのことを言う。

そうじゃない！　全然のろけじゃない！

「未だに玉の輿に乗れない私への当てつけ？　受けて立つわよ？」

「どこをどう聞いたらそうなるの!?」

ブリっ子が何か勘違いをし始めている。ブリっ子は否定する私を一瞥すると鼻で笑った。

おい、王太子妃を鼻で笑うな。

「夫が、新妻に、ネグリジェを、贈る」

「何よ」

「世間ではそれをのろけと言うのよ」

「言わない」

「夫婦のことに口をはさむと馬に蹴(け)られるのよ」

「蹴られない」

「下手すると抹殺(まっさつ)される」

「それはないでしょ⁉」

ブリっ子は首を振った。

「わかってない。わかっていないわね、あんた」

「何よ」

「それだけ重い愛だってことよ」

「意味わからないんだけど」

ブリっ子はふう、とため息をついた。態度が悪い。態度が悪いわよブリっ子！

「まあそんな話はいいのよ」

「ふうん？」

「重要なのはこれ以上どうやって贈らせないようにするかなのよ」

私がそう言うと、ブリっ子は何やら考えている。閃(ひらめ)いたような顔をすると開口した。

「着ちゃえば？」

「は？」

「だから、一回だけ着て、これが気に入ってます、とか言えば？」

「はぁ？　却下(きゃっか)」

　そもそれでなぜ改善されるのか。頭に疑問符を浮かべる私に、ブリッ子がため息をついた。本当に失礼なんだけど。目上への態度がなってないんだけど。

「とりあえずお気に入りがあるから他はいらないってアピールしたら少しは減るんじゃないのかって言ってんのよ」

「そもそも着たくない」

「一回だけでいいんだってば」

「でもクラーク様に見せなきゃいけないんでしょ？」

「当たり前でしょ阿呆なの？」

「却下却下却下！」

「いい案じゃない」

　ブリッ子が腑に落ちないという顔をしている。いや、おかしいだろ。贈ってこられて困っているって言ってるのになんで着るんだ。

「まぁ、私はあまりどうこう言えないしね」

「なんでよ」

「店からクラーク殿下への紹介料もらってる」

「元凶ー！」

　なんてこった！　敵が近くに潜んでいた！

私は今、クラーク様にもらったネグリジェを広げている。

いや、別に、着るわけじゃない。

着るわけじゃないんだけど、ちょっと興味はある。

クラーク様が贈ってきたネグリジェは、ブリっ子にもらったものよりは透けておらず、どこか清楚な感じがする。趣味だろうか。セクシーよりキュート派ということだろうか。

いや別にクラーク様の趣味とかどうでもいいんだけど。

私はネグリジェを手に取ってみた。掌を広げて生地を上に載せると、うっすら透けて掌が見えた。なるほど、このうっすら感が、世の男性はいいのだな。

全部見えるより、隠れている部分があるほうが興奮すると言っていた。ライルが。

私は立ち上がって、それを寝間着の上から合わせてみた。おおう、寝間着が透けている。ということは、寝間着がなければ、とんでもないことになるということだ。

これはいけない、これはいけない。

私は首を振ってネグリジェを体から離す。これはいけないやつだ。開発した人はヤバい人だ。

「レティ」

ありえない声がした。

ぎぎぎ、と音がしそうなぎこちなさで振り返れば、それはこの部屋にいてはいけないクラーク様だ。

「な、なんで……？」

「い、いや、ノックはしたんだが……」

き、聞こえていない。聞こえていないよ！

私はわたわたしながら、手に持っていたネグリジェを背中に隠した。

「なんの御用事で？」

「おやすみを言おうと……」

クラーク様は口を手で覆っている。

「レティ」

「おやすみなさいおやすみなさいおやすみなさい！」

「レティ」

おやすみなさい言ったじゃない！　用済みでしょうよ！

クラーク様はそこから一歩も動かない。頼むからその足を後ろに向けてくれと願った。

「レティ」

さっきから名前を連呼（れんこ）される。なんだ。なんなんだなんだというんだ言いたいことがあるならはっきり言ってほしい！

「レティ」

また呼ばれた。

クラーク様はようやく口から手を離した。

と思ったら今度は鼻の頭を押さえだした。

「ネ、ネグリジェは……」

「は、はい……」

「俺にはまだ刺激が強すぎる……」

鼻を押さえているから少し声が濁って聞こえる。クラーク様はそう言うと、足を引きずるようによろよろしながら部屋を出ていった。

「……え？　何？」

一人残された私はわけがわからず悶々とした。

クラーク様の中で何かあったらしい。とりあえずその日からネグリジェ攻撃は終わったが、今あるのは保存しておくようにと言われた。

なんで？

可愛いとは思ってない

私の目の前に天使がいる。

「れてぃー」

舌足らずな声で私を呼んだ天使が私に両手を広げている。私は大喜びでそれを迎え入れた。

「マティアス様可愛いーー！」

ぎゅーぎゅー抱きしめると、いたいーという可愛い声が聞こえた。いけないいけない。

可愛すぎて力加減を間違えた。

「ごめんね？」

私が謝ると、にこりと微笑んでくれる。

天使がいる。私はもうこのまま天に召されてもいい。

可愛さに悶えて胸を押さえていると、ほほほ、と柔らかい笑い声が降ってきた。

「レティちゃんはマティアスが好きねぇ」

王妃様はそう言って私とマティアス様を見ると楽しそうにしている。

大好きだ。ああ、大好きですとも。

天使こと、マティアス様。齢二歳。まだ足取りも少し危ういお年頃。国王夫妻の息子で、第二王子。我が夫クラーク様の弟。つまり私の義弟。

この、天使が、義弟、ですって！

「はあ……可愛すぎてつらい……」

私が呟くとマティアス様が小首を傾げた。何その仕草。死ぬ。私死ぬ。

「結婚して唯一よかったところはこのマティアス様を弟にできたことだわ……」

マティアス様を見つめてうっとりしながら言うと、王妃様がまた楽しそうな笑い声を出す。

子供可愛い。子供天使。また王妃様に似てるから容姿が整っていて将来が楽しみだ。国王陛下にはまったく似てない。クラーク様も王妃様似だし、国王陛下の遺伝子どこいったんだろ。

まさか、年を取ったらあんな感じにふくよかになってしまうのだろうか。

私とマティアス様を見つめていたクラーク様を見ると目が合った。優しく微笑まれる。

うん、ぜひともその容姿のまま年を取っていただこう。

年齢がいったら運動をお勧めしようと決めた私を見て、王妃様はまたふふふと笑う。

「マティアスはクラークにそっくりだからねぇ」

ん？

私は抱きしめているマティアス様から顔を上げて、王妃様を見た。

「双子か、ってぐらいそっくりよぉ。あとで昔の肖像画見るぅ？」

「あ、いいです」

「あら残念ー」

王妃様はご機嫌だ。隣でそれを聞いていたクラーク様もご機嫌だ。

「そうか。ならマティアスを可愛がるのも仕方ないな」

何がそうか、なんだ。

私は少し釈然(しゃくぜん)としないながらも、愛(め)でていい許可が出たので存分にマティアス様を可愛がる。

ああ可愛い。ほっぺぷにぷに。

「れてぃ、くすぐったいー」

「んふふふ、可愛いー！」

ぷるぷるほっぺにすりすりすると、くすぐったがる声が聞こえた。でもこの感触に嵌ってしまった私にはもうどうすることもできない。

すりすりすりすり続けていると、きゃっきゃっとはしゃぐ声が聞こえる。これは喜んでいるなと思った私はさらにすりすりを続けた。

「ふにふにぷにぷにー」

「きゃはははは」

「やーわーらーかー」

「んきゃー」

笑い声も可愛い。これは本物の天使に違いない。

まだまだ、と思いながらほっぺを寄せたら、べりっとはがされた。え、なぜ。

マティアス様を抱えたクラーク様は、にこりと微笑むと、王妃様にマティアス様を渡す。

「あー、マティアス様ぁ」

手から逃れてしまった癒しを求めて思わず手を伸ばすと、その手をクラーク様に取られた。

なんだなんだと思い、ブンブン振るも離れない。なんだ。

クラーク様はそのまま近づいてきて私の耳元に口を寄せる。

この人はなぜいつも耳元でしゃべるんだ！　普通に話せばいいのに！

「レティ」

息が耳にかかる。やーめーてー。

「俺はマティアスにそっくりらしい」

それは王妃様に聞いた。クラーク様は耳から離れると、今度は真正面から話しかけてくる。やめて、真正面もやめて。

「だから、俺を代わりに可愛がるといい」

そう言うとすりすりと私の肩に頭をすりつけてきた。ひいいいいいい！

「か、か、か、か」

「うん」

「代わりとか無理ー！」

そう言って私は走りだす。後ろから笑うクラーク様の声が聞こえる。笑うな！　笑うなー！

そうして始まった私とクラーク様の鬼ごっこを、王妃様とマティアス様はのんびりと眺めていた。

言えない

最近流されている！

いけないいけないと頭を振る。

おかしい。私はこんな流され体質ではなかったはず。

「え、結婚までしといて今さらですか？」

「マリア、今さらとか言わない」

きっ、と睨(にら)みつけて言うとすごすごと下がった。

「ぎゃふんと言わせたい」

「ぎゃふんと言ってってお願いしたらいいですよ」

「そういうことじゃない。そういうことじゃないのよマリア」

「王太子妃様のお願いならなんでも聞いてくれますよきっと。三回まわってワンって言えとか試しに言ってみてください」

「絶対言わない。絶対に言わないからね？」

「残念……」

マリアは本当に残念そうだ。この子なかなかすごい性格してる。知ってるけど。

「あのね、そういうのじゃなくて、あっと驚かせたいの」

「驚かすですかー」

マリアは考える仕草(しぐさ)をする。さっきまでひどいお願いをしていたと思えないぐらい可愛らしい仕草だ。見た目と考えていることのギャップがひどい。

あっ、とマリアが嬉しそうな声を上げた。

「嫌いだって言えばいいですよ！」

「は？」

「絶対泣くと思います」

「泣く……」

泣く……だろうか。まったく泣き顔など想像できないけれど。

「絶対泣きますよ。だって王太子妃様大好きすぎですもん、王太子様」

「マリアもルイ王子に嫌いって言われたら泣く？」

「いえ全然まったく」

残念ルイ王子。もう少し好かれる努力をするべきだ。

私はマリアの顔を見る。自信満々に胸を張っている。

「うーん」

私は唸(うな)り声を上げた。

試してみるか。

そう開き直った私はクラーク様の部屋の前にいる。夫婦にはなったけど私の主張で部屋は別々だ。

トントン、と扉をノックする。

「誰だ」

「レティシアです」

ダダダダダ、と名前を言った瞬間にすごい音が聞こえたと思うと勢いよく扉が開いた。

「レ、レティシア⁉」

「あ、はい」

驚きの表情を浮かべているが、私も初めての反応で動揺している。クラーク様はしばらく私を眺めると、少し頬を赤らめた。

「は、初めて俺の部屋に来た……」

「へ？」

あれ？　そうだっけ？

そう思って記憶を掘り返すけれど、小さいころを含めて確かに部屋を訪(たず)ねたことはない。

ちなみに結婚してからも私はクラーク様の部屋を訪ねていないが、クラーク様はしょっちゅう来る。やめてほしい。

クラーク様は口に手を当ててプルプル震えている。寒いのか？

「レ、レティシアが俺の部屋に……嬉しい……」

違った。喜びの震えだったらしい。

「あのー、入っても？」

「あ、ああ」

入り口でプルプル震えられても困る。私が催促すると、部屋へ案内してくれた。そのまま座るよう促されたので、拒否もせず座る。

「で、何かあったのか？」

クラーク様はそわそわした様子を隠せていない。普段はもう少し冷静な気がするが、今は感情がだだ漏れだ。

「あー、そのー」

「ん？」

いつもの含み笑いではなく、心からの嬉しそうな笑顔だ。

「あー、えー」

「うん？」

小首を傾げられた。相変わらず嬉しそうだ。

「うー」

「レティ？」

しっぽがあったらブンブン振れているだろうぐらい今のクラーク様はご機嫌だ。私はそんな彼を見ながら言い淀む。

どうしよう。

ちらりと見る。

嬉しそうだ。

「そのー」

「うん」

あー、やめて純粋な笑顔。

「き」

「き？」

「きら……」

「きら？」

復唱しないで！

「きらい……」

そこまで言って顔を上げると、クラーク様のさっきまでの様子はなくなり絶望に染まった顔をしている。

ああ。

ああもう！

「嫌い……じゃないです」

「レティ！」

くっそーう！

途端にぱあ、と華やいだ笑顔を見せる。ブンブン振れるしっぽが見える気がする。

くっそーう！

私は敗北を悟って、嬉しそうなクラーク様に微笑んだ。

理不尽だと思う

「マリアはルイ王子と結婚しないわけ？」

「するわけないでしょう」

即答された。かわいそうなルイ王子。

「顔よし、金あり、自分に一途。条件だけならいいんじゃない？」

「年齢がアウトでしょう」

やっぱりそこかあー。

マリアは私と同じ十七歳。ルイ王子は十三歳。年齢差は四歳だからそんなに問題はないと思えるが、今現在十三歳はまずかろう。犯罪臭がする。私もその年齢の男性とはお付き合いできない。たぶんクラーク様がその年齢ならとっとと国外に逃げていたと思う。

「今ルイ殿下の求婚受け入れたら私、どう思われます？　まだうら若い無垢な少年をたらしこんだ魔女ですよ」

まあ、そうだろう。十三歳は明らかにまだ少年だ。一方こちらは結婚適齢期の十七歳。大人の女と少年が結婚したら……そう思われるだろう。私も思う。

「なんでルイ王子に求婚されてるの？」

「私にもわかりませんよ。だって、私ルイ殿下のそばにいたのって、三か月ぐらいですよ？　すぐに実家が没落(ぼつらく)したから」

三か月の間に何があったのだろう。知りたいが、聞いたらまたあの長話が始まると思うと恐ろしくて聞きに行けない。

そう思ってマリアに聞いてみたのに、マリアはわからないらしい。謎だ。

「ルイ王子が十八で、マリアが二十二とかならまだ釣り合い取れていたかもね」

「そうですね。でも二十二だと私嫁(い)き遅れ……」

マリアは遠くに視線を向ける。きっと、嫁き遅れそうな予感がしているのだろう。だってルイ王子が全力でマリアの縁談を潰(つぶ)しているし、男に会わないように工作している。

ルイ王子がマリアの誘拐を企(くわだ)てたのもマリアが結婚適齢期だということが関係しているだろう。

「どうしたらいいんでしょう……」

マリアが本気で悩み始めている。

「かわいそうなマリア……」

「王太子妃様……」

「私が味わった思いがようやくわかった？」

「慰めてくれない！」

悔しそうにしていながらきちんとお茶を提供してくれる。プロだ。

中庭でのどかにお茶を飲んだり寛(くつろ)いだり魚釣ったりするの最高だわ。

暖かい日差しを感じながらうっとりしている私をマリアが憎々しげに見ているのを感じる。

「ネグリジェ届くんですけど」

「それは私のせいじゃないわ」

「いや普通に王太子妃様のせいですよね？」

「あの馬鹿王子が勝手にやってるだけで私関係ない」

「ネグリジェの存在教えたの王太子妃様ですよね？」

「教えたんじゃない。巻きつけたの」

「同じことですよね⁉」

「僕はマリアの脱ぎたてを巻きつけたい」

「出たあああああああ！」

突然湧(わ)いて出た声にマリアが絶叫しながらあとずさる。ルイ王子は気分を害した様子もなく、じりじりとマリアに近寄っていく。

「マリア、今日も素敵(すてき)だ」

「近寄らないでほしいです」

「つれないところも愛している」

「私は愛していません」

「大丈夫、僕の愛さえあれば」

「話が通じないー！」

マリアが走りだした。でも彼女は仕事中なので、走り回るのはこの中庭だけだ。プロだ。

中庭でマリアとの追いかけっこを楽しそうにしている美少年。見た目だけはいいので目の保養だと思いながらお茶に口をつける。

「はあー……国に帰りたい……」

後ろから声が聞こえて振り返るとライルがいた。

「元気ないわね」

「元気もなくなりますよ。毎回毎回マリア様への贈り物探せだの、女の喜ぶもの教えろだの、母国への対応は任せたって押しつけるし、挙句の果てがネグリジェの手配って……」

それはご苦労なことである。従者って大変ね。私お嬢様でよかった。

それにしても、留学に来ているはずなのだが、マリアの尻を追いかけているだけで他に学んでる様子ないんだけど。いいんだろうか。いいんだろうな。きっと。

「どれ、このお菓子でも食べて元気をお出し」

「ありがとうございます……」

そう言って皿に載っていたクッキーをライルに差し出す。ライルはお礼を言いながらそれを口に運んで——吹き出した。

「うっげ！　ごほ！　うっ！」

「クラーク様脅かし用に作ってみたんだけどどう？」

「どう？　じゃないんですけど！　人を実験台にしないでくださいよ！」

「激辛クッキー。ご感想は？」

「最高に辛くてまずいです！　最悪です」

「やったわ最高の出来よ」

「誰も私に優しくしてくれない！」

ライルが何やら喚いているが知ったことじゃない。成功作をどうやって食べさせようかと考えている私の頭上を影が覆った。

「レティ」

あ、これまずいときの声だ。

私はゆっくりと頭上を見上げた。

「ク、クラーク様、ご、ごきげんよう？」

「ご機嫌じゃないんだが」

そうでしょうね。怒ってますものね。でもなんで？

「レティ」

「はい！」

「俺は、男とお茶会していいなんて言ってない」

それかー！

激辛クッキーのおかげで顔を赤くしているライルが焦った顔をしている。

「いや、これは、勝手に途中から……」

「レティ」

言い訳をするも、優しい声に遮られる。声は優しいのに。声は！

「ちょっとこっちにおいで」

「はい……」

私は返事するしかない。

連行される私をライルがざまーみろという顔で見ていたのを私は忘れない。

あいつ今度はすっぱいクッキー食べさせるからな。

初デート

ひょっこり脱走できてしまった。

あっさりすぎて拍子抜けするも、これ幸いと抜け出して今は城下街に来ている。

初城下街探索である。

屋台すごい。店の数すごい。そして人の数もすごい！

初めての経験にワクワクしながら進んでいく。活気あふれる街並みは見ているだけで楽しくなる。

「おじさん、これくださいな！」

「あいよー」

屋台で売っていたアメ細工を購入する。初めてのお買い物だけど、どう買えばいいのかぐらいの知識はある。言われた金額を支払い、アメ細工を手に入れた。

キラキラ輝いていて美しいのに、安価だなんて。もう少し値を吊り上げるといいと思う。

もったいないと思いながらアメ細工を舐める。おーあまーい！　庶民菓子あまーい！

普段食べてるのとは別の甘さがある。

「お嬢さん」

アメ細工を堪能していると後ろから声をかけられた。

「俺とお茶でもしませんか？」

手を差し出された。

これは！　噂に聞くナンパというもの！

私は睨みつけるように相手の顔を見つめたが、すぐにそれはぽかんとした顔に変わってしまう。

「クラーク様？」

「正解」

いやわかるよ。いくら一般市民風な服着てても毎日毎日見ている顔だもの。

「なぜこんなことを」

「そろそろ普通に捕まえるだけじゃ飽きられるかと思って」

前からなぜこの人は私に飽きられると思って変な行動をするんだろう。

別に脱走は趣味じゃないからね？　本気で逃げているからね？

「そういう演出はいらないんですよ」

「そうか」

残念そうにするクラーク様。装いはいつもと違って、街で働く好青年という感じのものだ。服装がいつもと違うと雰囲気も変わるな、とまじまじと見つめてしまう。こういう服も似合うなんて美形ってお得。

「レティ」

じっと見すぎた！

はっとして顔をそらす。危ない危ない。また無駄に喜ばせるところだった。

ちらり、と顔を見上げると、柔らかい笑みを浮かべている。

「デート？」

「せっかくだからデートしよう」

「実は今日はそれを目的に逃がしたんだ」

やっぱり意図的だった。

だよね、すごく楽に抜け出せたもの。兵士なんてわざと目をそらしていたもの。

「デートとは、意中の異性とお出かけやら何やらするデートのことですか？」

「わかっているじゃないか」

「デート……」

この間こっそり読んだロマンス小説にあったデートというものを思い出す。男女二人が仲良く手をつないで街を回り、そして最後に……ぶちゅっとしてた。

「こ、公共の場で、破廉恥行為はだめ！」

「は？」

顔を赤くした私に、クラーク様は困惑している。

「だってお話ではデートのあとすごい展開に！」

「レティシア、何を読んだんだい？」

「私には無理ー！」

「落ち着きなさい」

騒いで暴れる私に、クラーク様は根気よく説明してくださった。

「いいかい？　あれはあくまで物語だから。そんな展開めったにないよ」

「でもぶちゅって」

「あれはね、そういうただの演出だから。その話の通りなら、このあたり一面みんなぶちゅっとしてるだろう」

「確かに……」

「あれは物語。今は現実」

「はい」

「だから楽しく街を回ればいい」

「わかりました！」

それならいい！　街見たい！

打って変わって楽しむ気満々な私に、クラーク様は微笑んだ。

「ところでレティ」

「はい？」

「なんでそんなお話を読んだのかな？」

私は固まった。

口をぱくぱくさせる私をクラーク様がさらに追いつめる。

「あれだけ読むのいやだって言ってたのに、恋愛に興味が出た？」

「ち、ちちち違います！」

慌てて否定する。

「たたたただ部屋にあったから暇だなーと思って読んだだけで、別に恋愛を知りたいとかそういうのじゃないです！」

必死な様子の私の頭をクラーク様は撫でる。

「うん、嬉しいね」

「話聞いてました？」

「レティシアが恋愛に興味持ってくれたなんて」

「やっぱり聞いてない！」

違うと再度訴えても笑って流されてしまう。悔しい。

「さあ、可愛いレディ」

「歯の浮くセリフはやめて」

「俺の麗しの奥様」

「本当にやめてほしい」

どんどん顔が赤くなるのがわかる。クラーク様がその様子を楽しんでいるのがわかる。

いつか何言われても平気な鉄面皮（てつめんぴ）になってやる。

「楽しいデートをしよう」

それにだけは同意なので、差し出された手を重ねた。

「今日は年に一度の祭りなんだ」

なるほど。だから屋台があるのか。

クラーク様の言葉に納得して周りを見回す。次は何を食べよう。

「レティ」

クラーク様がつないでいる手に少しだけ力を入れた。

「実は私は街に出たことがないんだが、何か買うときはどうしたらいいだろうか」

嘘だろ。

そう思って顔をまじまじと見るも、とても嘘を言っているようには見受けられない。

でもそうか。この人は王族だ。お城で蝶（ちょう）よ花よと可愛がられる存在だ。自分で買い物などする必要はない。

いや私だって本当は自分で買い物なんてしたの今日が初めてだけど。

クラーク様が少しそわそわしている。視線を追うと絞りたての果物のジュースが飲める店にたどり着いた。

「飲みたいんですか?」

「ああいうのは飲んだ覚えがない」

「でしょうね」

隣でそわそわされているのも困る。私はクラーク様にお店のシステムを説明した。

「わかりました?」

「わかった」

「じゃ、これで買ってきてください」

「こんな小さなコインで買えるのか……」

お金を触るのも初めてだと言うクラーク様は、とても感動したように、手渡したコインを眺めている。しばらくそうしていると、コインを握りしめ、意を決したように、歩き始めた。

クラーク様は店にたどり着くと、店主と話をしている。少しおろおろしている。ジュースの種類が多すぎるらしい。そういうときはお勧め(すす)めを聞くんですよ、クラーク様!

私は落ち着かない気持ちでその様子を見守る。子供が初めてのことに挑戦しているときの母親の気分。頑張って、我が子!

なんとか決め、店主から笑顔でジュースを手渡されてこちらに戻ってきた。満面の笑みで。

「買えた！」

初めてのおつかい成功である。

誇らしい顔を少し可愛らしく感じてしまった。まだ我が子フィルターがかかっているのだろうか。今の私母性にあふれている。

「よかったですね」

私の言葉に満足そうにしながら、ジュースを飲む。

「初めての味だ！　なかなかおいしいな」

お気に召したようである。

「買い方も覚えたから、これで今後は一緒に街に抜け出せるな」

「いや、あなたはそんな頻繁に抜け出しちゃだめですよ」

「大丈夫、バレなければ」

「バレるでしょう。逆にわからなかったら一大事ですよ」

もっとも守るべき存在をひょいひょい抜け出させていたら、護衛はとんだ職務怠慢である。

「じゃあ堂々と出ていく」

「もっとやめて大混乱になるから！」

「でも今日も堂々と出てきてるぞ。一応護衛は少し離れたところにいる」

「へぇー」

兵士なんかいただろうか。わからない。

「変装してる。鎧姿がいるとデートが台無しだ」

「はあ」

「だからいつでもデートできるぞ」

「私は別にデートしたくはない」

正直な気持ちを述べたのに、にこにこされている。なんだ、何が言いたい！

「うん、また来よう」

「したくないって言ったんですけど」

「うん、大丈夫」

「したくないって言ったんですけど!?」

にこやかな笑顔で流された。絶対歪曲されている！　デートしたくないって言ってるじゃない！

デートという単語に赤くなった顔を冷まそうと手で扇ぐ。

「レティ、これどうぞ」

そう言って差し出されたのはさっきのジュースだ。

「あ、どうも」

ちょうど喉が渇いていたのでありがたくいただく。酸味と甘みがあるさっぱりした味だ。

なんの果物を使っているんだろう。

ちゅーちゅー吸っているとクラーク様が顔を赤くしている。なぜ？

赤みが引かない顔のまま、クラーク様はこちらを凝視（ぎょうし）している。

「間接キス……」

「ぶっ！」

思わず吹き出してしまった。

「か、間接……何させるんですか！」

「いや、渡したときには気づかなかったんだ……」

「その顔やめてください！」

「すまない、自然とにやけるんだ」

「やめろ！」

私が全力で訴えているのに、にやけ顔のままだ。

「このストローは記念に持って帰ろう」

「やめて！」

大事にストローを抱えているクラーク様から取り返そうとするも、奪い返せない。

「俺だけ記念品があるのは悪いな」

「それを記念品にしないで！」

抗議するも聞いてくれない。ストローを懐（ふところ）にしまうと、クラーク様は私の手を取ってひとつの店に入る。

おおう、庶民の小物屋だ。初めて見る小物に胸がときめく。どれもキラキラしていて綺麗だ。しかも値段はお手ごろ。すごい。普通の店すごい。

ブローチの並んでいるところを眺めていると、声をかけられた。

「レティ」

クラーク様から袋を手渡される。いつのまに買ったの。早業。

店から出て袋を開ける。

「……オルゴール」

綺麗な細工がされているオルゴールだった。

「装飾品はここで買っても、身分上つけられないからな。レティシアはこういうのが好きだろう？」

ええ、好きです。とても。

なんでもかんでも知られているようでむず痒い。

「ありがとうございます」

微笑んで伝えると、クラーク様は少し顔を赤らめた。

ちなみにストローはクラーク様の部屋にしっかり飾られていた。捨てて。

メイド服はロマンらしい

突然来たと思えば意味のわからないことをのたまうブリっ子に、私は胡乱げな目を向ける。

「メイドはロマンらしいわ」

「何が言いたいかよくわからないけど気持ち悪いこと言っているのはわかる」

「気持ち悪いって何よ！」

ブリっ子が憤慨するが、知ったことではない。

「で、御用件は？」

「ふふふ、よく聞いたわね！」

ブリっ子は待ってましたとばかりに手に持っていた紙袋からそれを取り出した。

「気合を入れて作ってみました！　メイド服！」

自信ありげに広げてみせるのは、見事なメイド服……ではない。いや、メイド服ではあるけれど、私の知る正式なメイド服ではない。もちろんマリアが着ている侍女服とも違う。

「なぜ裾がこんなに短いの？」

「それがいいからよ」

「何が？　足が丸見えで恥ずかしいでしょう、これじゃ」

「逆に短くなければいけないのよ」

「でも仕事できないでしょ？」

「いいのいいの、これ着て本当にメイドの仕事するわけじゃないから」

話を聞けば聞くほど理解できず、そばで控えていたマリアと一緒に首を傾げる。

「メイド服なのにメイドの仕事しないの？」

「そうよ」

「なぜ？」

ふふん、とブリっ子は鼻を鳴らした。

「だってこれは男のロマンの詰まったメイド服だもの！」

自信満々なブリっ子とは対照的に、私とマリアは引いた。大いに引いた。

もちろん物理的にも大いに引いた。

一気にあとずさった私たちに、ブリっ子はじりじりとにじり寄ってきた。

「ロマンってそういう意味の!?　なんてものを持ってきてるのよ！」

「ネグリジェ買った女が何今さらかまととぶってるのよ！」

「あれは私が着る用じゃないから買ったの！」

「だいぶ儲（もう）かってたんだけど、突然殿下たちが買ってくれなくなったから新たな活路が必要なの！」

「そんなの関係ないし買わないから！」

「お願いお願あぁい！　私たち友達じゃなぁい？」

「私にブリっ子しても無駄よ！」

「チッ！」

ブリブリしながらにじり寄っていたブリっ子は盛大に舌打ちした。

「あんたが買えばとりあえずある程度の利益が見込めるのよ！」

「知らないわよそんなの！　マリアにしなさいよ！」

「えっ！　どうして私⁉」

なるべく関わらないように、静かにしていたマリアが驚きの声を上げる。一人逃げようとしてもそうはいかない。

「マリアにご執心のストーカーに買わせればいいでしょう」

「ひいいい、恐ろしいこと言わないでくださいよ！」

本気で怖いのだろう。マリアは鳥肌を立てて腕をさすった。

「ま、まず、どんな感じか着てみせてくだされればいいのでは？」

恐怖に戦慄きながらも、そう提案したマリアはよっぽど年下王子にこれを買ってほしくないようだ。

マリアの提案に、ブリっ子はたじろいだ。

「ちょっと……私たちに着せようとしたのに、自分は着ないつもりなの？」

「いや……自分が着る用じゃないから……」

「私たちも違いますけど!?」

マリアが涙目で主張すると、ブリっ子は言葉に詰まる。

「着てみせたら考えるって言ってるんだから、着たらいいじゃない」

「いやあ……でもほら……ちょっとこれ足出すぎじゃない？」

「ネグリジェ売ってる人が何言ってるんですか！」

もっともである。ブリっ子は喉の奥から呻（うめ）き声を上げた。

「わかったわよ！　着るわ！　着ればいいんでしょう！」

やけっぱちになったブリっ子は叫びながらドレスを脱ぎだす。おおう、本当にあれを着る気なのか。つわものだな……。

自分で着ろ着ろお勧（すす）めしたわけだが、本当に着るとは思わなかった。マリアが着替えを手伝っている。

「どうよ！」

着替え終わったブリっ子が目の前に立って胸を張る。胸が揺れた。嫌味か。

「なんか……パツパツしてるわね」

「あ、あんたのサイズなんだから仕方ないでしょう!?」

全身を眺めながら言うと、ブリっ子が心外だと主張する。

可愛い、やたらフリルが多くあしらわれた、やたら裾の短いメイド服は、正直言うと、思ったよりブリっ子には似合わなかった。やたらナイスバディなブリっ子が着ると、着せられている感が否めない。

しかし、豊満な体にキツキツな服というのは、マニア受けしそうだった。

「似合わないわね」

「似合いませんね」

はからずもマリアと同時にほぼ同じ意味の言葉を発したら、ブリっ子は泣きだした。

「わ、私だってぇ……可愛い服が似合う女の子になりたかったわよぅ……」

どうもうっかりブリっ子のコンプレックスを刺激してしまったらしい。

「だ、大丈夫よ！　あなたにはいいおっぱいがあるじゃない！」

「別に巨乳になりたかったわけじゃない……」

「ボン、キュ、ボンは世の女性のあこがれですよ！」

「それより可愛く生まれたかった……」

だめだ浮上しない。

めそめそと、らしくもなく泣いているブリっ子。確かに妖艶な彼女に可愛い服は似合わない。似合う服はかなり限定されるだろう。

「か、買ってあげるから！」

いつまでも泣かれていてはたまらない。仕方なくそう言えば、ブリっ子は顔を上げて満面の笑みになった。

「毎度あり！」

いい商売根性している。

顔を引きつらせている私にかまわず、ブリっ子はさっさと自分の着ているメイド服を脱ぎ、ドレスに着替えた。

「一応試着する？　サイズ違ったら困るし」

「いや……実際に着ないから……」

「まあまあまあ！　そう言わず！」

さっきまで泣いていたくせに、すっかり仕事モードに入ってしまった。

マリアが心得たとばかりに私のドレスの紐を緩めた。いや、私着るなんて言っていない！

無情にもずり落ちるドレスを見て、拒否を示すも、二対一では勝敗は決まっている。

あっというまに着せられた、足丸出しのメイド服の裾を押さえながら、屈辱で震えた。

「お似合いですー！」

「いいわね、なかなかよ」

褒められてもちっとも嬉しくない。

「わかったわよ……一着買うからもう脱がせて……」

「もったいない」

マリアが不満そうにする。……が、その顔はすぐに微笑みに変わった。

訝しげにその顔を見るのと同時に、声がした。

「十着ほど、言い値で買おう」

「お買い上げありがとうございます！」

後ろからした声に、おそるおそる振り返る。

予想通りの人物がいて、絶叫したのは言うまでもない。

デート指南は無理

突然訪問してきたかと思えば少年王子は真剣な顔でのたまった。

「デートをしたい」

なので私は首を横に振りながら丁寧に言った。

「ごめん、私ルイ王子はかけらほどもタイプではない」

「こちらから願い下げだ猿女」

「なんですって⁉　聞き捨てならない！」

「お前がたまに木から降りてきているのを知っているんだからな！」

「私は！　優雅に！　降りてます！」

「優雅とかの問題じゃないだろ山猿！」

「キー！」

うっかり山猿よろしく雄たけびを上げながらルイ王子に掴みかかろうとするのをライルに止められた。

「キー！　離しなさいライル！」

「まあまあ、レティシア様落ち着いて、ほら、どうどう」

「キー！　猿扱いするなー！」

火に油を注ぐ行為しかしないライルの髪の毛をむしる。痛い痛いと叫ぶ声が聞こえた気がするが、気のせいだろう。邪魔者の毛根など死滅すればいい。

少し落ち着いた私は、さも自分の部屋かのようにふんぞり返っているルイ王子に向き合う。

「で、デートがなんだって？」

「だからデートがしたいんだ」

「だからお断りです」

「お前わかってて言ってるだろう⁉」

憤慨（ふんがい）した様子で顔を赤くするルイ王子。

「人を猿扱いする人間の話を聞く筋合いはない」

「お前がクラーク殿下と先日デートしていたのは知っている」

「聞け、人の話を！」

「僕もデートがしたい」

「好きにしたらいいでしょ、自分の国で！」

「僕は、この国で、今、マリアと、デートが、したいんだ！」

「いちいち区切って言ってくるな！」

「マリアとデートがしたい！」

「要点だけ言ってくるな！」

「だから協力しろ猿」

「キー！」

再び雄たけびを上げた私を再びライルが羽交い絞めにしてくるので遠慮なく再び髪の毛をむしる。ふん、遠慮なくハゲるがいい！

「で、結局私にどうしろっての？」

「デートはどうすればいいのか教えてほしい」

「わからないわよ、そんなの」

「つい先日デートしたばっかりだろう」

「私はデートなんてしてません！　お出かけです！」

「それをデートと言うんだろう⁉」

「お出かけだってば！」

こちらがデートじゃないと言っているのにしつこい子供だ！　そんなんだからマリアが靡かないんだお子様め！

ライルが何か言いたそうにこちらを見ている。なんだ。何が言いたい。言うことによってはもっと毛をむしってやる！

「じゃあお出かけでいいから教えろ」

「知らないわよ。本当に城下街のんびりブラブラしただけだもの」

　私が答えるとあからさまにがっかりしたルイ王子は盛大なため息を吐いた。

「なんて役立たずなんだ……」

「なんですって⁉　もう一度言ってごらん！」

「役立たず！」

「キー！」

　今度はライルは止めなかった。さすがに王族の毛をむしるのは気が咎めるのでほっぺを軽くつねるだけにしてあげた。軽くつねっているだけなのに、ぎゃーぎゃーうるさい。これだから温室育ちのお坊ちゃまは！

「デートなんて大体街をブラブラ散歩するのが王道なのよ！」

「何⁉　それだけでいいのか⁉」

「基本よ、基本！　で、何か立ち寄った店でプレゼントするの！」

「それだけか⁉」

「簡単だからこそ難しいのよ！　うまくやれるもんならやってごらんなさい！」

「よし！　マリア、出かけよう！」

　ぱあ、と顔を輝かせたルイ王子は年相応で可愛らしい。すぐ横でお茶を注いでいたマリアの手を取って、しっかりとその目を見つめながら言うと、マリアもその白い頬を赤く染めた。

「なんで私が行かなきゃいけないのかとか、こちらの都合は聞かないのかとか、今仕事中だとか、言いたいことはいっぱいありますけど、本人が目の前にいるのにデートの相談をするなー！」

マリアの絶叫が木霊した。

平和な日々

「王太子妃が逃げたぞー！」

「王太子妃様ぁー！」

今日も王城には活気がある。

そう思いながら私は今日の夜会用のドレスを選ぶ。数ある中から最近着ていなくて主に似合うものを探すのはなかなかの手間だ。

レティシア様は私が仕えている女性だ。彼女がまだ公爵家の小さなお嬢様であったころから身の回りのお世話をさせていただいている。

ナディル様の思惑により、しばらくレティシア様からは遠ざけられていたが、クラーク殿下の計らいで、レティシア様が結婚したあとも、この王城で侍女としておそばにいさせていただくことになった。

「いたかー！」

「こっちはいないぞー！」

「今日はどこに逃げたんだー！」

すっかり日常的になった光景にほくそ笑む。

今日も主は逃げているらしい。

結婚前からずっと逃げ癖があり、常にそのために行動する方だったが、それは結婚してからも変わらなかった。

一瞬でも隙を見つけると嬉々として脱走する。

探す兵たちはかわいそうに思うが、平和な今の時代、いい運動になっているだろうと思う。

今日はピンクにしようか。

目当てのドレスを手に持って、今度は小物を探す。小物はこの衣装部屋の隅に置いている。

そちらに移動すると、見慣れた頭が地面に這いつくばっているのが見えた。

「……レティシア様？」

「うひゃあ！」

声をかけると驚いたようで飛び上がった。

「やだ、リリー、びっくりさせないでよ！」

それはこちらのセリフである。

「何をしていらっしゃるのです？」

「このへんにあるはずなのよ」

「何があるのですか」

「抜け道」

なんと。

「おっかしいなあ。確かにこの城の極秘見取り図に描いてあったんだけどなあ」

「そんなのどちらで見つけたのですか？」

「えへへへへ、十年の間にいろいろと」

胸を張っているが威張(いば)ることではない。

「レティシア様、お戯(たわむ)れも大概(たいがい)に」

「これも自由のためよ！」

「今現在ほとんど自由じゃないですか」

「それとこれとは別！」

レティシア様は拳(こぶし)を振る。

「確かに妃教育もないわ。だってもう妃だもん。実践だもの。まあ思ったより夜会も少ないし公務ってあんまりないし、なんだかんだで釣りとか木登りとか昼寝とかして優雅に過ごしてはいるけど、それとこれは別なのよ！」

わかる!?と詰め寄ってくるので頷(うなず)くと満足そうにされる。まあプライバシーはあってないようなものだから自由ではないだろう。

「それにしても、これだけ脱走してるんだからもう評判も悪いと思うのよね。醜聞(しゅうぶん)を理由に離縁とかないかしら」

「ないと思います」

即答するとレティシア様は頬を膨らませる。

――レティシア様は自分の評価が下がっていると思っているが、実際そんなことはない。レティシア様は公務をきちんとこなすし所作も問題ない。さすが伊達に十年妃教育を受けていない。やんちゃをするのも城の中だけ。脱走癖はあるものの、日々のんびりと過ごし、たまに釣れた魚を兵士におすそ分けしたりしている。

元々次期王太子妃として民にも知られていたし、その勤勉さに信頼も厚いため、市井からも不満の声は出ていない。それに加え、ブリアナ嬢のおかげで、レティシア様が受けていた妃教育がどんなにつらいものか、それに耐えるレティシア様がどんなに素晴らしいかという話が伝わってから、さらに支持者が増えた。

むしろ評価はうなぎのぼりである。

脱走癖ぐらいまったく問題にならないぐらいには慕われている。

しかしそんなことに気づいていないレティシア様は不満顔だ。

でも長い付き合いの私はわかっている。レティシア様が本当は離縁を望んでいないことぐらい。

「通路見つからないなあ。床ぶち抜いてみようかしら」

「恐ろしいことおっしゃらないでください」

王城を壊すなんてなんと恐ろしい。

「あら、意外とこういう床の下とかに隠されていたりするのよ！　なんかワクワクしてきた！　ぶち抜きましょう！」

「おやめください」

目をキラキラさせて言うが許可できるはずがない。

「――レティ？」

私の後ろから声がしたかと思うと、目の前のレティシア様がブルブル震えだした。

「く、クラーク様？　ご、ごきげんよう……」

「やあレティ。また逃げたんだって？」

「いやだわ、リリーとお話していただけよ」

「抜け道を探すお話をしていたのかい？」

バレている。

レティシア様は顔を真っ青にする。

「君が知ってて俺が知らないわけないだろう？」

背後で笑っている気配がする。怖い。

巻き込まれる前に退散しよう。

「レティシア様、では私はこれで」

小物を数点手に持って衣装部屋から出る。

「見捨てないでぇぇぇぇ」

レティシア様の悲痛な声が聞こえた気がしたが、気のせいだろう。
私は気を取り直して夜会の準備に勤しむことにした。

ノベルス版　番外編　王子との出会い

「こんやく？」

父が発した言葉の意味がわからなくて、確認を込めて言われた単語を口にする。父はさめざめ泣いており、母はにこやかだ。兄はその単語を聞いたときにいろいろとやることがあると言ってどこかに行った。

さめざめ泣く父。にこにこする母。しばらく待つもその絵面(えづら)は変わらないので、再び口を開いた。

「こんやくってなあに？」

さめざめ泣いていた父が大号泣し始めた。母は変わらずにこにこしている。

「結婚の約束をすることですよ」

言葉を発せない父の代わりに母が言った。結婚。それなら知ってる！

「私花嫁さんになるのね！」

つい一か月ほど前に両親に連れられて行ったなんとか……名前は忘れちゃったけどなんとか伯爵の結婚式。女の人が綺麗(きれい)な白いドレスを着て教会を歩いて、隣の男の人と幸せそうに笑ってた。とても綺麗だった。

「あのドレスを着れるの！」

興奮する私を母は宥める。

「今すぐじゃないのよ。もう少し大人になってからね」

「えー！」

今すぐ着たいのに！

むくれる私の頭を母が撫でてくれる。

「結婚なんてぇ婚約なんてぇまだ早いよぅ……」

父が未だに泣きながらぶつぶつ言っているが、母は一切無視している。母がそうするときは放っておいていいときだ。

私は泣き続ける父を無視し、母からのなでなでタイムを堪能した。

今日は婚約者に会うらしい。

「お城の中に婚約者がいるの？」

訊ねると父は頷く。

「ああ。いるというより……住んでいるな……」

ここ最近泣き続けているから父の目は真っ赤で、目の周りも腫(は)れてとても不細工(ぶさいく)だ。

何度か来たことのある王城。いつもは私は中庭に行くけれど、今日は父と一緒に城の中のほうに行くらしい。いつもは仕事の邪魔になるからだめだと言われるけれど、いいのだろうか。

あまり王城の奥は来たことがないのでドキドキする。私は冒険に出る旅人の気分で王城を歩いていた。

「ここからはいい子にしているんだよ」

王城の奥に進んで、今まで見た中で一番大きな扉の前で父が言った。私は素直に頷く。

その様子を見て父はまた少し泣いた。

「こんなにいい子なのにぃ……まだ七歳なのにぃ……」

「父様早くして」

「娘が冷たいぃぃ……」

しくしく泣いて言いながら、涙を拭(ぬぐ)う父様は、子供から見ても情けない。現状幼いながらに兄が父の仕事の大半を担(にな)うようになっているとは小耳に挟んでいた。

そっと息子の手によって僻地(へきち)に追いやられる父が想像できて、かわいそうになってしまった。

肩を叩いてあげたいけれど、届かないので、父の足にしがみつく。

そんな私を見て、父は口を覆った。

「娘が可愛いぃ……！」

「父様早くして」

「娘が厳しいぃ……」

めそめそしながら父は扉のそばに立っている兵士に名乗った。

兵士が大きな扉を開ける。

ゆっくり開く扉の奥には、少しふくよかな男の人と、見たことのない妖艶（ようえん）な美女と、私と同じぐらいの年の、綺麗な人形のような子がいた。

「陛下、本日はお招きいただき……」

「堅苦（かたくる）しいのはよいよい。そのうち家族になるのだからな」

へいか、と呼ばれたふくよかな男性は、微笑みながら、私を手招きした。私は素直に従ってそばに行く。

「ほうほう。これはまた愛らしい。わしの息子は面食いのようだ」

男性が笑いながら私の頭を撫でた。めんくいってなんだろう？

「うふふふ、可愛らしいわぁ。私こういう娘が欲しかったのよぅ」

へいかの横にいる美女が私を抱き上げた。

「あらぁ、このぐらいの年齢だと、女の子でも結構重いわねぇ」

「お、重くないもん！」

「まあ、重いと言われて憤（いきどお）るなんて、しっかり女の子ねぇ」

ふふふ、と笑って美女は私を降ろした。

「さあ、本来の顔合わせはこっちよレティちゃん」

とん、と背中を押されて前を見れば、そこには扉を開けたときに見た綺麗な子供がいた。

「お、お人形……」

「え？」

「お人形がしゃべった！」

綺麗な顔から発せられた言葉に驚いて、父にしがみつく。

父はおろおろし、へいかと美女は爆笑していた。

「よかったわねぇクラーク、お人形みたいですってぇ」

「母上、それは男児への褒め言葉ではありません」

「あらぁ、難しいわねぇ」

「綺麗と思われたのだから喜んでいいだろうにのう」

ねー、とへいかと美女が顔を見合わせる。それを見て子供がなんとも言えない顔をした。

そっとへいかと美女から顔を背(そむ)けたその子は、父の足にしがみついている私に近づき、手を差し出してきた。

「俺はクラーク。君の婚約者だよレティ」

「くらーく……こんやくしゃ……」

言われた言葉を繰り返すと、父に手を握るように促される。こういうときにどうするかは知っている。自己紹介だ！

「レティシア・ドルマンです。クラーク様」

にこりと笑うとクラーク様は顔を赤くした。

「あら」

「ほほう」

「ううう……」

その様子を見て大人たちが三者三様の反応を見せる。

「父様、私この子と結婚するの？」

「う、うん。そうだね」

「やったあ！　こんなかっこいい人と結婚できるのね！」

「か、かっこいい……？」

「クラーク様はとってもかっこいい！」

私がクラーク様の手を握りしめながら言うと、クラーク様は赤い顔で瞳を少し潤ませた。

「初々(ういうい)しいわぁ。そうだ、レティちゃん、お花畑見たくなぁい？　今ちょうど中庭が見頃なのよぅ」

「お花畑！　行く！」

私の返事ににこやかに笑う美女は、何やら兵士と話をすると、歩き始めた。みんなそれについていくので、私もあとを追う。

着いたのは見慣れた中庭だった。

「わあ」

見慣れているはずのそこには、一面花が咲いていた。

「バラとか華美な花じゃないんだけど、レティちゃんはこういうの好きかなと思ってそのまま生やしておいたのよぉ」

「わぁい！　お花！」

地面から生えている小さな花が、あたり一面に広がっている様はとても美しい。私は花畑の中心に駆けていき、座り込んだ。

花に興奮していると、隣にクラーク様が座った。微笑まれたので笑い返すとまた顔が赤くなった。暑いのかなぁ？

「あらぁ、二人で仲良く座っちゃってー」

美女が楽しそうに笑う。

「じゃあああとはお若い二人でどうぞぉ」

「うううぅぅぅ、二人きりなんてまだ早いよぅ」

「早く来なさい！」

美女に引きずられていく父を見送る。

私はお花を摘んだ。

「何をするんだい？」

「本で読んだの！　花冠っていうのを作るの！」

「へぇ」

摘んだ花をひとつひとつつなげていく。

「あれぇ？」

予定では花冠になるはずが、ところどころ解けてへにょりとした輪っかになってしまった。

「失敗しちゃった……」

本にはこれでできるって書いてあったのに。

悲しい気持ちになって、目に涙があふれるのがわかった。

「ふぇえ」

「レティ」

「ふぇ？」

泣きだすと同時に、頭にふわりとしたものが載った。

そっとそれに手を伸ばしてみる。

「花冠だぁ！」

嬉しくなってそれを持ち上げる。

自分で作ったのは解けまくって何かわからない物体だったけれど、それはとても綺麗な円を描いていた。

「ありがとう！」

クラーク様にお礼を言うと、彼は顔を真っ赤にして俯いた。

嬉しい気持ちで彼の頭にお花を挿してあげると微妙な顔をされた。男の子はお花好きじゃないのか。

「クラーク様」

「なんだいレティ」

「大好き！」

ちゅっとほっぺに口づけすると、クラーク様は後ろに倒れ込んだ。

「クラーク様？　クラーク様ー!?」

焦ってクラーク様を揺すると、クラーク様本人にそれを制された。

「レティこれはどこで習ったの？」

「絵本で王子様にこうしてた！」

「うん、今後他の人にしちゃだめだからね」

「はーい？」

よくわからないけど返事をすると、クラーク様は起き上がり、微笑んだ。嬉しくなって抱きつくと、クラーク様も抱きしめ返してくれた。

「可愛いわぁ！　誰か今すぐ画家を呼んできてちょうだい！」

「ううううほっぺちゅーなんてまだ早いよぅ」

「あきらめが肝心じゃぞい」

抱きしめてもらって嬉しかったのに、大人たちのせいでしょっぱい気持ちになった。

「レティ、今日から妃教育を受けるんだって」

幸せな一日から、一晩経って次の日。

父はしんみりした顔で私に告げた。

「きょういくってなあに？」

「お勉強だよ。レティはお嫁さんになるために勉強をしに行くんだ」

「花嫁修業？」

「あ、そういう言葉は知ってるんだね……」

私の言葉で父は遠い目をした。

「あー、でその教育なんだけど」

「うん」

「レティは将来の王様のお嫁さんだからいろいろ学ばなくちゃいけないんだ」

「うん？」

「あ、よくわかっていないね」

どう説明しようかな、と父が頭を抱えた。

「まあとにかく、昨日の今日で妃教育開始なんて、急すぎる話だし、父さんが断ってくるから安心しなさい」

「だめですよ」

父と私の間に第三者が入ってくる。

「ナディル！」

昨日から家に帰っていなかった兄の登場に、父は驚きの声を上げた。

「レティシアには今日から教育を受けてもらいます。手配も済んでいます」

「お、お前また裏から手を回したな！」

「いえ正攻法でしかしてません。さ、父様、どうぞ領地にお戻りを」

「な、何を言っているんだ！　私も残る！」

「国王陛下から王都での仕事は私に、領地は父様に、と勅命をいただいています。父様はどうぞ、領地にお戻りを」

「ナディル！」

「馬車の手配も済んでいるのでさあさあ」

「い、いやだレティ……」

「あきらめが悪い！」

「悪魔ぁー！」

兄に引きずられながら父が私の名前を呼ぶ。私は父と一緒に帰されないらしいので、父に向かって大きく手を振った。父の私を呼ぶ声が激しくなった。

乱暴に父を馬車に押し入れた兄が戻ってくる。

「父様は領地に帰ってしまったの？」

「そうだ」

「私は帰らなくていいの？」

「お前には仕事がある」

「何をするの？」

兄はにこりと笑った。

「王城に、行こうか」

◇◇◇

昨日来たばかりの王城を再び歩く。ただし、今日は父と手をつなぐのではなく、兄と手をつないでいる。

「クラーク様に会うの？」

「ん？　ああ、最後にね」

最後？

不思議に思うも、私はクラーク様に会える喜びでいっぱいだった。

ぐいぐい手を引かれて案内されたのは、昨日見た扉とは違うこぢんまりした扉だった。

「ここにクラーク様がいるの？」

「いや、いないよ」

クラーク様に会いに来たと思っていた私は小首を傾げた。そんな私に兄は言う。

「いいかいレティシア。これはレティシアに必要なものなんだ。始めるのが早ければ早いほど、いいものだからね」

「うん？」

「きつくても耐え抜かなければいけないんだ。いいね？　レティシア」

「うん……」

「逃げたらもっと厳しくなるからね。レティシア、ね？」

「う、うん……」

兄は何度も念押しした。

「よし、じゃあ頑張りなさい」

そう言って扉を開ける。兄はそこから動く気配はない。私一人で行けということだ。

おそるおそる中に入ると、扉が閉められた。ご丁寧（ていねい）に施錠する音が聞こえた。これでこの扉からは出られない。

何が始まるのだろうという恐怖で震えながら、顔を上げる。

　そこには眼鏡をかけた、長身の女性が立っていた。

「レティシア様、お初にお目にかかります。私は今日からレティシア様の教育係を任された、ライラと申します」

　その女性は私を見ると、腰を折り挨拶した。

「あ、あの、レティシア、です……」

　おどおどと挨拶すると、女性は眼鏡をくいっと押し上げる。

「なっておりません！」

「へ？」

「挨拶は基本中の基本！　しっかりと、はっきりと必要なことを述べ、正しい姿勢で行わなければなりません！」

「え？」

「さあやり直しです！　私の言葉を繰り返すように！　『ドルマン公爵が娘、レティシア・ドルマンと申します』さん、はい！」

「ど、ドルマン公爵が娘、レティシア・ドルマンと申します」

「声が小さいし、おどおどしている！　なっていませんもう一度！」

「ひえええ」

「間の抜けた声を出さない！」

「は、はぁい」

「伸ばさない！　しっかりしなさい！」

「ふええええええ」

「泣かない！」

なぜ連れてこられたかわからない中、見ず知らずの人間に叱られなければならないのか。

私は恐怖と混乱で泣きに泣いた。

――という夢を見た。

私は目を覚ましたベッドで未だ混乱する頭を整理する。

大丈夫、私はレティシア・ドルマン、十七歳。そう、七歳じゃない。

あれは夢だと再度確認する。

それにしても……今の夢はやっぱり現実に起きたことだろうか。

いや起きたことだろうな。王妃様が言っていた昔話と一致する。王妃様はやや美化して話してたから所々違うけど、きっと夢で見たのが正しいものなんだろう。

……私、王子にほっぺちゅーした上に、それを大人たちにそろって見られているじゃない。

うわあ恥ずかしい。大好きとか口走ってた。恥ずかしい！　恥ずかしい！

恥ずかしさでベッドで転がり回っていた私は、ふと、ベッドの端でこつん、と何かに当たり、動きを止めた。

そろりそろりとベッドから体を起こす。

「やあレティおはよう」

クラーク様がいた。

「き、きゃー！」

枕を投げるも簡単に受け止められてしまった。

「ど、どうしてここに!?」

「レティが起きないからどうしようってマリアが言ってきてね。うなされているから様子を見ていたんだ」

悪い夢でも見たのかい？　とクラーク様は私の顔を覗き込む。私は思わずあとずさった。

「わ、悪い夢っていうか……」

「うん？」

クラーク様は私の言葉を待っている。その顔を眺めると、夢の中の少年の面影を感じた。

私、この頬にちゅーしたんだよな……。

思わず頬を見つめてしまい、訝しんだクラーク様に再び声をかけられた。

「ううう」

「レティ？」

「わ」

「わ?」

「悪い夢っていうか恥ずか死ぬー!」

「レティ!?」

ぱっと駆けだした私に、クラーク様が驚きの声を上げる。でも、止まるわけにはいかない。

だってだって今さら夢であんなの思い出すなんて!

恥ずかしさに顔を覆いながら、私はただひたすら走った。

後ろでクラーク様が「寝間着(ねまき)! レティシア、服ー!」と言う声が私の耳に届くのはもうしばらくあとである。

ノベルス版　番外編　クラークの呼び名の秘密

王子様というのは、一般的に、『殿下』とお呼びしなければならないらしい。

王城でそう聞いた私は、もっと早く教えろよと思いながら、教師に対してにこりと笑った。

婚約して一年過ぎるのに、今さら？　今さらすぎない？

「お前が幼いから名前呼びでもいいかと流されていたんだ」

王都の屋敷で一緒に住むことになった兄に、今日の愚痴を吐き出せば、そう答えが返ってきた。

そうか、大人はしっかり殿下だ何だと言わねばならないが、年端のいかない子供なら様づけできているだけ御の字だったということか。

「教師に言われたのなら、明日からは殿下と呼ぶんだな」

兄は私には興味がないようで、手元の書類から目を離さない。

ひどくない？　親元から離れて二人きりの兄妹で一緒に暮らしてるのに、この態度！

仲良くしていこうという気概はないのか！

むーっと頬を膨らませながら、ソファに座って書類を見ている兄の足を踏んづけた。

「いって！」

「ふん！　兄様のお馬鹿！」

「お前に馬鹿と言われるのは最高に不快だ！」

ようやく書類をテーブルに置いて私に向き直った兄に、私はしめしめと微笑む。

そんな私が気に入らなかったのだろう。兄は大きな声を出した。

「リリー！　来い！」

「あっ、兄様ずるい！」

「お呼びですか坊ちゃま」

「早っ！」

兄に呼ばれてすぐに駆けつけたらしいリリーは、急いだであろうに息切れもしていない。

たまにリリーは機械仕かけの人形ではないのだろうかと思ってしまう。

兄はリリーを見る。

「レティシアが俺の足を踏んだ。まだレディには程遠いらしい」

「まあ」

兄の言葉を聞いたリリーは私に視線を向ける。私はそろりそろりと扉に近づけていた足を止めた。

「違うわ、たまたま足を踏んでしまっただけよ！」

「嘘をつくな！」

「信じてリリー、ね？」

私は自分の小柄な体を精一杯小さく見せながら胸の前で手を合わせ懇願した。

リリーは私と兄を交互に見ながらため息をついた。

「わかりました」

私は表情を明るくした。そうよね、リリーは私の侍女だもの！

「お嬢様の嘘をついたときの癖も直しましょう」

途端に顔を青くした私は迫りくるリリーから逃げようと、あとずさる。でもすぐに壁に追いやられた。

「リリー、う、嘘なんてついてないわ……」

「いいえ、リリーにはわかります」

「に、兄様が嘘をついているのかも！」

「いいえ、リリーにはお見通しです」

「リリー……」

どうか見逃してほしいという希望を交ぜた声でリリーの名を呼ぶも、現実は無情だ。

あっさりリリーに捕獲された私は、リリーが満足するまで、こってり指導されたのだった。

リリーは兄より私のそばで仕えていた時間のほうが長いのにひどい……。

当主への忠誠心が強いということなのだろうか。でも長く一緒に過ごした私に情を持ってくれてもいいと思う。というかまだ当主は父なんだけど。

兄もリリーも私への愛情が足りない。父ほど溺愛しろとは言わないけれど、もう少し可愛がってくれてもいいはずだ。

そして私への愛情で婚約破棄までしてくれたら万々歳なのに。

……いや、ないな。あの兄がそんなことをしてくれるはずはない。絶対ない。兄が不慮の事故で亡くなりでもしないとありえない。

ということはやっぱり自分でどうにかするしかない。

私は嘆息した。

「レティシア?」

――いけない。今はクラーク様とのお茶会だった！

「少し疲れて呆けてしまったようです。申し訳ございません、殿下」

言外に、お前たちの用意した教師のせいだというのを交ぜながら、お茶会中に意識を他に移していた無礼を詫びる。サービスに、にこりと教師から叩き込まれた令嬢スマイルを浮かべてあげたのに、クラーク様は麗しい顔を固まらせた。

あれ？　そんなに不敬だった？

ほんの少しぼーっとしていただけなのに、ここまで反応されることではないと思うんだけど。

でも不快にさせたのなら謝らねばならない。なにせこの人はいずれこの国の権力一位になるのだ。あまり嫌な思いをさせれば私が兄に何をされるかわからない。兄怖い。

「貴重な時間を割いていただいておりますのに、不快な思いをさせてしまい、お詫びいたします。申し訳ございません、殿下」

謝罪が伝わるよう、今度は笑わずに、頭を下げる。

これでいいだろうと思い頭を上げるも、クラーク様はまだ固まっている。顔だけではなく、体までも先ほどの姿勢から変わっていない。ティーカップ持ったままで姿勢を固定するのってきつくないのかな。

今度はもっと切羽詰まった感じで謝罪するべきか？　いっそ泣く？

どうしようか悩んでいると、ようやくクラーク様が動きだした。まるで錆びついた鎧のようなぎこちなさで、ティーカップをテーブルに置いた。

「レ、レティシア？」

「はい？」

「今俺のことを……」

そこまで言われて、私は、ああ、と思い当たった。

「今まで無知で申し訳ございませんでした。馴れ馴れしくクラーク様とお呼びしてしまいまして、お恥ずかしいです。今後は間違いなく、クラーク殿下とお呼びいたしますね」

よし、今こそ令嬢スマイルだ！

私は先ほど大して見てもらえなかった笑顔を浮かべる。お上品に見えるよう、口を開かないのがコツ。

しかしクラーク様は、再びギギギ、と音でも出そうな動作で私の肩を摑んだ。今ここで嫁入り前なのであまり触られたくないと言ったら怒られるだろうか。怒られるだろうな。無駄に火に油を注ぐのはやめよう。

「レ、レティシア……」

「はい」

「それは誰に言われたんだい？」

誰にとかわざわざ知らせるものなのか？　あ！　もしかして嫌がらせされていると思われてる？　違いますよ。嫌がらせされたら倍で返すから大丈夫です。

「王城の教師ですが」

なので安心してほしい。そう思って伝えたのに、クラーク様は眉にしわを寄せて不機嫌になった。美形の不機嫌顔怖いからやめてほしい。せめて距離取って。

クラーク様は、一度咳をすると、今度はにこりと微笑んだ。変わり身が早すぎてそれはそれで怖い。

「レティシア」

「はい」

どうでもいいけどこの人、必ず相手の名前を呼んでから話し始めるのだろうか。

すごくどうでもいいことを考えながら返事をする。肩に乗せられた手に力が入った気がする。痛くはないけど怖い。

「いいかい？　俺と君は対等なんだよ？」

「え？　対等ではないと思いますが」

「対等なんだ」

が、まで言ったところで食い気味に対等だと言われた。いや違うよね。あなたは王子で、しかも次期国王、そして私は公爵家令嬢。私の身分も高いほうだけど、全然違うよね。

「レティシア、君は俺と結婚する」

「はあ……」

大変不本意なので辞退願いたいが、今それを言うわけにはいかないので、とりあえず相槌を打っておく。

クラーク様は私の気のない返事に少し不満そうにするも、話を続けた。

「そうしたら君はじきに王妃になるんだ。いいかい？　王と王妃は夫婦なんだ」

それぐらいはわざわざ言われなくてもわかるけれど。

馬鹿にしてるのかと言いたくなるけれど、我慢して、「はあ……」とまた気のない返事をする。

「夫婦というのは対等なものなんだよ」

「だから俺とレティシアは対等なんだ」

……屁理屈すぎないか？

気のない返事ばかりしていた口をしぶしぶ開く。

「あの、それは一般的な家庭の話であって、王と王妃はさすがに立場の違いがあるのではと思うのですが」

「王と王妃でも対等なものだ」

「いや違うと思いますが……」

王と王妃も夫婦であるが、権力は当然王が第一位、王妃はその次だ。王に次ぐ権力ではあるが、同列ではないだろう。責務も違う。

「対等だよ。現に父と母は、お互い名前で呼び合っているよ」

……そうなの？

何度かお会いしたことのある、国王陛下と王妃様がどうやり取りしていたか思い出そうとするも、思い出せない。王妃様の美貌しか印象にない。

「でも、やはりまだ婚約段階ですし、殿下とお呼びしたほうが……」

「いずれ結婚するのだから名前で呼んでくれていいよ」

「いいえ、他の貴族や国民の手本になるためにもこういうことは、なあなあにしないほうがいいと思います」

「はあ……」

「俺がいいと言っているのだからいいに決まってるだろう?」

なぜかすごく頑なだ。なんでだろう。

最後のセリフに至ってはまるで暴君だ。そりゃあなたがいいと言ったら大半はいいんでしょうけど。

「そういうわけには……教師や兄からも言われていますし……」

「俺が、いいと、言っている」

言葉を区切りながらはっきりと主張された。

「でも……」

正直あまり親しい感じで呼びたくないなという本心を隠しながらどうにか殿下呼びにできないかと頭を働かせるも、クラーク様はそれはもう輝く笑顔で言った。

「俺が、いいと、言っている」

笑顔だが圧力を感じる。

何度か呼び方に対する押し問答を繰り広げ、段々面倒になってきた。

「……では、今まで通り、クラーク様とお呼びいたします」

「うん。俺とレティシアは対等だからね」

どうしてやたら対等を主張するのだろう。

いろいろ疑問に思うも、機嫌が直った様子のクラーク様に下手に質問を投げかけるわけにもいかず、私は紅茶を啜った。

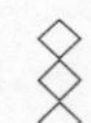

「――というようにして、俺はレティシアから名前で呼ばれるように、その日からずっと対等だ対等だと言い続け、今に至る」

「へー！　名前で呼ばれたいなんてロマンティックー！」

全然ロマンティックではないと思うんだけど、どこにロマンを感じたの？　マリアのロマンってなんなの？

マリアとブリっ子とのお茶会中。そういえば、と私とクラーク様の呼び方についての話になったとき、堂々と仕かけ扉から入ってきたクラーク様は、やたら細かくブリっ子とマリアに説明していた。

……正直私はあまり覚えていないのでなんとも言えない。八歳のころの小さな出来事なんて一々覚えていない。

でも確かにクラーク様にやたらと対等だと言い続けられた気はする。そのたびに、対等ではないだろうと心の中で反論していた。

というかそれはいいから普通に仕かけ扉から入ってくるのやめて。せめて普通の扉から来て。そして普通にお茶会に交じらないでほしい。

タイミングのよさからしばらく私たちの話を聞きながら待ち構えていたとしか思えない。

「へー？　ふーん？　へー？」

　ブリっ子はこちらを意味ありげに見ている。なんだ何が言いたい、いや何も言わないで！

「それですぐに呼び名は直せたんですか？」

「いや、しばらくレティシアが周りを気にして殿下と呼ぶからナディルに直接言いに行った」

　その困ったときの兄頼みやめてほしい。なぜ私を通り過ぎて兄に行くんだ。

　今の言葉で思い出した。確かに兄から三時間ぐらい延々とクラーク様と呼ぶようにと言われたことがある。あまりのねちっこさにクラーク様が嫌がる呼び方をしてやろうと少しだけあったいたずら心も消え失せた。兄はねちっこすぎる。つまり性格が悪い。

「あんたあんな人が兄でかわいそうね……」

　ブリっ子にしみじみと言われた。

「あんな人の嫁になりたいと思っている人に言われたくはないんだけど」

「あんな人でもお金があるの」

「金！　金！　金ばっかり！　お金で愛は買えないのよ！」

「お金があれば大抵の愛は買えるわよ、なに言っているの」

「ちょっとマリアのいる前でそういう話しないで！　マリア耳塞（ふさ）いでなさい！」

　うぶさを忘れたブリっ子の話を聞かせまいとしてマリアに言うと、マリアは困ったように眉を下げた。

「耳塞いだら仕事しにくいんですが……大丈夫ですよ、私だってもう大人です！」

「私がマリアが汚れるのがいやなの」

「あんたなんでその子に対して過保護なのよ」

「可愛いからよ！」

それ以外の理由があるだろうか。いやない。

ブリっ子は呆れた顔をし、マリアは照れている。そうやって照れているのがまた可愛い。癒される。

「私はレティが可愛いよ」

「あ、そういうのいいです大丈夫です」

「何度も言っているのに顔を赤くするところも可愛いと思う」

「本当にいいです、大丈夫です。部屋にも戻っていただいて結構です」

「つれないところも可愛い」

「なんでも可愛いと言えばいいと思ってます？」

おそらく赤くなっているだろう顔を隠そうと躍起になりながら訊くと、にこりと微笑まれた。

なにそれどういう回答の笑みなの？

「見せつけられる独り身の私」

「ブリアナさん大丈夫です！　私も独り身です！」

「可愛い王子がいるじゃない。あんたは仲間じゃない」

「王子は違うっていつも言っているのにー！」

ブリっ子が機嫌悪そうにクッキーをすごい勢いで口に運んでいる。ここに来ると食べてばっかりだな。

マリアはプリプリしながら紅茶のお代わりを注いでいる。ルイ王子が相手と言われてご不満な様子だ。

「でも実際殿下と呼んだほうがいい――」

「レティ？」

最後まで言う前にクラーク様に遮られる。

「俺が、いいと、言っているんだ」

いつかと同じセリフを言ってくる。怖い。

「クラーク様とこれからもお呼びします！」

「ああ、決して殿下とか、俺が今後国王になっても陛下とか呼ばないように」

今後国王になったときのことまで忠告された。国王になったら王妃として陛下と呼ぼうと思っていたのがバレたのだろうか。

ちらりとクラーク様を見ると、なにを考えているかわからない笑みを返される。

「見つめ合い始めた。私帰ろうかしら……」

「でしたら私はお見送りを」

「待って待って待ってお願いここにいて！」

帰ろうとするブリっ子をなんとか引き止め、クッキーを追加する。ブリっ子は座り直し、再びクッキーを頬張り始めた。

「見せつけるなら誰か私に紹介してよね。王太子妃なんだからコネかなんかで金持ち貴族に私と結婚するように言いつけられるでしょ」

「いや、そういう不正を簡単に行うわけにはいかないので」

「くううう真面目！　わかってるわよ！　知ってた知ってた！」

ブリっ子は礼儀など知ったものかとクッキーを一度に三枚口に入れた。

こんだけ食べてなぜ太らない……私は壁に嵌ったのに……胸か……栄養がすべて胸にいくタイプなのか……羨ましい……。

私は壁に嵌ったころよりは減って、この王城に来たときよりは太った脇腹を摘まむ。悲しい……。

今度からお菓子を食べたら走ろう。そうしよう。

本当はお菓子をやめればいいと思うけれど、王城のお菓子は美味しい。食べたい。できれば食べ続けたいので食べるのをやめるのは最終手段だ。

「レティシア」

クラーク様がマリアに淹れてもらった紅茶を口に運ぶ。

「次は様つけをなくそうか」

――勘弁して。

文庫版　番外編　本音が知りたい

いつものお茶会。

ブリっ子がどんな胃袋をしているのか不思議になるほどチョコレートケーキを食べまくり……というかホールで食べてるんだけど本当にどうなってるの……しかも二個目よ? 胃袋二つあるの?

「んー！　やっぱり王宮のケーキは最高よねー！　お金かかってる感じするわー！」

「なんていやな褒め方……！」

ブリっ子の頭の中にはお金と食べ物しかないのかもしれない。

「そんなことないですよ」

マリアが紅茶を注ぎながらにっこり微笑んだ。

さすがいい子のマリア！　そうよね美味しさはお金では測れな――。

「ケーキだけでなく紅茶も一級品なので、しっかり飲んでいった方がいいですよ！」

違った。割と俗だった。

マリアは父親のせいでお金に苦労したみたいだから、お金に少々がめつくなってしまったのかしら……かわいそうなマリア……。

私が心の中で涙を流していると、ブリっ子が紅茶を手にして言った。

「もちろんよ！　ここに来たときは普段の二倍飲んでるわ！」

二倍も飲んでるんだ……お腹タプタプにならない？　あとハーブティーのときはまだいいとして、紅茶のときはカフェイン摂りすぎじゃない？

「で、話って何？」

口についたチョコレートケーキをブリっ子がナプキンで拭いた。

そう、今日のお茶会は私がブリっ子をわざわざ呼び出したのだ。

「えーっと……」

呼び出したはいいが、とても言いにくい。もじもじしていると痺れを切らしたブリっ子が再びチョコレートケーキを食べるためにフォークを手にした。

「ほら、早く言いなさいよ。早くしないと私が三つ目のケーキに手を出しちゃうわよ」

「胃袋ブラックホールなの？」

食べる割に太らないいんだけど、どこに吸い込まれてるの？　あ、胸？

私が胸を見たことに気づいたらしいブリっ子から鋭い視線が放たれ、私は慌てて視線を外した。

「セクハラで訴えるわよ」

まあ視線を外しても視界に入ってくるんだけどね！　ボイン！

「見るならお金払ってよね！　貴重な私の財産なんだから！」

「私ブリっ子のすべてをお金で考える思考回路、引くけど嫌いじゃないわよ」

私の言葉にブリっ子が「当たり前でしょう」と少し自慢げにした。嬉しいんだ、今のセリフ。

「で、早く言ってよ。私は別にいいのよ、この城のケーキ食べ尽くしても」

「うっ……」

ケーキを食べ尽くされることは問題ないが、ブリっ子の健康のためにそれはやめさせよう。

私はようやく重い口を開いた。

「クラーク様の気持ちが知りたいんだけど」

ブリっ子とマリアが顔を見合わせて固まった。

先に動きを再開したのはブリっ子だった。

「はあ？　どこからどう見てもあんたにベタ惚れでしょうが何言ってるのよ」

「いや、ベタ惚れって……へへ、ふ、へ」

「気持ち悪い笑いしないでよ」

ちょっと照れただけなのに酷い言われようである。

私は気を取り直して説明を始めた。

「クラーク様が私のこと……その、幼いころから好きで、今も好きらしいことは聞いたんだけど」

「うん」

「私って、猿みたいに木に登るわ、魚釣ってさばくわ、気づいたらどこかに脱走してるわ、普通の令嬢じゃないじゃない？」

「自分が野生児だって自覚あったんだ」

　ブリっ子が本気で驚いている。

　失礼ね！　自分を客観視することぐらいできるわよ！

「だからその……」

　私はブリっ子を上目遣いで見た。

「クラーク様の本心を聞き出してほしいなって」

　ブリっ子が引いた顔をした。

「そのブリブリした顔やめなさいよ！　それは私の専売特許よ！」

「自分がブリブリしてる自覚あったんだ」

　私が先程のブリっ子のように返すとブリっ子は当たり前だろう、と言いたそうな顔をした。こういう顔をドヤ顔と言うとこの間マリアが言ってたな。

「もちろんよ！　だからあんたにブリっ子呼びを許してるんじゃないの！」

「いや、このあだ名はブリブリしてたことに加えてブリアナという名前とかけたチャーミングなあだ名で——」

「愛情持って呼んでるんでしょ！　それぐらいわかってるわよ！」

伝わってた！　へへ、やっぱり親友だから……？

ちょっと照れていると、ブリっ子は鬱陶しそうな顔をした。

ブリっ子私に冷たくない？　親友だよね？　親友だから？

「殿下の気持ちを知りたいなら、私より適任がいるでしょう？」

「え？」

いたっけ、そんな人。

ブリっ子が口にチョコレートをつけて立ち上がった。さっき拭いてたのにいつのまにまた食べたの！

「奴を呼ぶわよ！」

「呼ばれたが」

兄が腕を組んで面倒そうにしながらこちらを見た。

「なんでこれがいるんだ？」

「これって何よ！　これって！」

兄がブリっ子を指差しながら言い、ブリっ子はそれに反論している。

私は二人のことを交互に見る。

「もしかして二人はお付き合いを……？」

「してない」」

二人から否定されてしまったが息がぴったりすぎる。

「こんなねちっこい男とお付き合いするものですか！」

「金目当てでしかこちらを見ない奴はお断りだ」

キッ、と兄とブリっ子が睨み合う。

バチバチバチと見えない火花が飛んでいる。

結婚式のときはブリっ子も兄の横を確保して、兄も満更でもなさそうに見えたんだけどな。その後もブリっ子は兄にアタックしてたっぽいのに、この二人、何かあったのかな。

ブリっ子が兄から視線をプイと外し、クイクイと親指で兄を指差した。

もしかしてさっき指差されたことに対する反抗だろうか。

「こんなでもクラーク殿下の友達でしょう？　話し相手にぴったりじゃない」

「こんなでもってなんだ。こんなでもって」

お互い似たようなこと言って似たような反応してるから本当は気が合うんじゃないだろうか。

でも兄とブリっ子が付き合ったら……いや、ブリっ子にはもっと性格いい相手がいいと思う！　いい子だから！　兄は性根が腐ってる！

と思ってたら兄に頭を鷲摑みにされた。

そしてそのままギュッと力を入れられた。

「いたたたいたたた何するの！」

「今失礼なこと考えただろ。何年兄妹やってると思ってるんだすぐにわかるぞ」

「いたたたいたたたごめんなさい！」

謝ると兄は頭から手を離した。

こういうところだぞ！ きっとこういうところがブリっ子にも嫌われてるんだぞ！

「で、クラーク殿下に何を聞くって？」

「えっと……その……」

「もじもじするな気色悪い」

「気色悪い⁉」

「身内のもじもじなんか大抵の人間は気持ち悪く感じると思うぞ」

「妹大好きでそういうところも可愛いなと思う人間もいるわよきっと！」

「悪いがそれは少数派だし俺は違う」

「キィィィ！ 知ってた！」

兄は妹大好きというようなタイプではない。知ってた！ 知ってた知ってた！

「だから！ クラーク様に！ 本心を聞いてって言ってるのよ！」

「本心も何も、前に宿で話したんだろ？」

確かに前に誘拐されたとき、クラーク様と話をした。したけど――。

「でももしかしたら私を連れ戻すためにちょっと話盛ってたかもしれないじゃない」

「お前、疑り深さだけは俺に似たな」

「何それいやなとこだけ似てるってこと!?」

「そうだ」

最悪じゃないか。似たくないところが似てしまった。

ショックを受けていると、兄がスタスタと扉の前に行った。そして扉に手をかける。

「お前はな、面倒なことしてないで」

兄が扉を開けた。

「直接聞け」

開けた先にはクラーク様がいた。

「クラーク様!?」

「や、やあレティ」

クラーク様が少し気まずそうにしている。

「なんでそんなところに」

「レティが何かコソコソしてるから気になって」

へへへ、と笑うクラーク様ちょっと可愛い。

「まだストーカー行為してるんですね、クラーク殿下」

「馬鹿、余計なこと言うな」

外野がうるさい。

「じゃあ俺とこいつはここを出ていくから、存分に話を聞けよ」

兄がブリっ子を引き連れて部屋を出ていく。パタンと扉の閉まる音を聞いて、私は再びもじもじしてしまった。

え、聞くの？　私が？　自分で？　自分のことちゃんと好きですかって？

恥ずかしすぎない⁉

もじもじもじもじ。

そうしている間にいつのまにかクラーク様が近づいてきていた。

「レティ」

「ひゃっ！　はい！」

好みの顔が近くにあるのに驚いて変な声出た。

「不安にさせて悪かった」

クラーク様が私の肩に手を置いた。

「存分に教えてあげよう。俺が君を好きだということを」

にこり、とクラーク様が笑った。

「一日使って」

一日⁉

「い、いや、本心から私が好きかを今聞けるだけでいいんで……」

「大丈夫、話の途中休憩は挟むから」

「大丈夫です、本当に大丈夫です」

「レティ」

クラーク様が笑顔の圧を向けてくる。

「俺の気持ちを疑えないぐらい語るからね」

私は心の中で悲鳴をあげた。

後日。
「で、どうだったの？」
「聞かないで」
話聞きたさでワクワクしているブリっ子に、私はそれしか言えなかった。

ノベルス版　あとがき

こんにちは。沢野いずみと申します。

『妃教育から逃げたい私』をお手に取っていただきありがとうございます。

今回書かせていただいた『妃教育から逃げたい私』は、逃げる令嬢と全力で追いかけてくる王子が書きたくて書いてみたものです。

またごちゃごちゃせずシンプルなラブコメディーにしたかったので、暗い部分はほぼなく、陰謀や死に直面するような場面もない、誘拐されてもひどい目に遭わない、平和な物語になりました。

裏話というほどでもないですが、話を作り終えたとき、レティシアが誘拐される部分はまったくありませんでした。王城脱走からクラークに捕獲されるまでをひたすら繰り返しております。

それだけの物語のつもりだったのですが、自分の中のテーマが、「逃げる令嬢、追う王子」だったので、これではあまり逃げられてないなあと思い、でもクラークの守りが鉄壁すぎてレティシア一人じゃ王城の外に出られない！　となった結果、クラークの支配下に入っていない他国王子による誘拐となりました。

ルイ王子は実はクラークのライバル役にしようと思っていたのですが、マリアの「レティシアと容姿が似ている」という設定をせっかくだから活かしてみたかったのと、ライバルにした場合レティシアとくっつかないほうはかわいそうだな……と親心が出てしまい、ライバル役は降りてもらいました。

ちなみにライルは初期設定から何も変わりません。できる限りモブっぽさを意識しました。

初の書籍出版ということで、何をどうすればいいかさっぱりわからず四苦八苦しながら、なんとか形にすることができました。何もわからない私に、いろいろ教えてくださった担当さんには感謝してもしきれません。

本作品の出版に際して、尽力してくださった方々に、この場を借りて感謝を述べさせていただきます。ありがとうございました。

数ある書籍の中から、『妃教育から逃げたい私』をお手に取っていただいた読者様、本当にありがとうございました。

二〇一九年三月吉日　沢野いずみ

文庫版　あとがき

初めましての方もそうでない方も、こんにちは！　沢野いずみと申します。

『妃教育から逃げたい私』文庫版一巻をお手に取っていただき、ありがとうございます。

まさかこの作品が文庫化されるとは思わず、ビックリしております。

すでに読んだ方も楽しめるように、番外編を新たに書かせていただきましたがいかがだったでしょうか？

レティとクラークは結婚後もあんな感じで——というより、むしろ結婚後に恋愛がスタートしたような形なので、とてもゆっくり関係を進めています。兄はそれにヤキモキしてます。ブリっ子は楽しんでいます。

今回のご購入が初めての方、もしくは元の一巻のみお読みいただいた方は番外編で兄とブリっ子の関係が少し変わっていたので、「え!?　どうしたの!?」と思ったかもしれません。

何があったかは、ブリっ子編である小説二巻をぜひお読みいただけたらと思います。

ちなみに小説二巻は、漫画では少しだけ違う部分があるので、ぜひコミカライズと共にお楽しみいただけたら幸いです。

本作品の出版に際して、尽力してくださった方々に、この場を借りて感謝を述べさせていただきます。ありがとうございました。

数ある書籍の中から、『妃教育から逃げたい私』をお手に取っていただいた読者の皆様にも深く感謝申し上げます。本当にありがとうございました。

また次回作もお手に取っていただけますように。

二〇二四年五月吉日　沢野いずみ

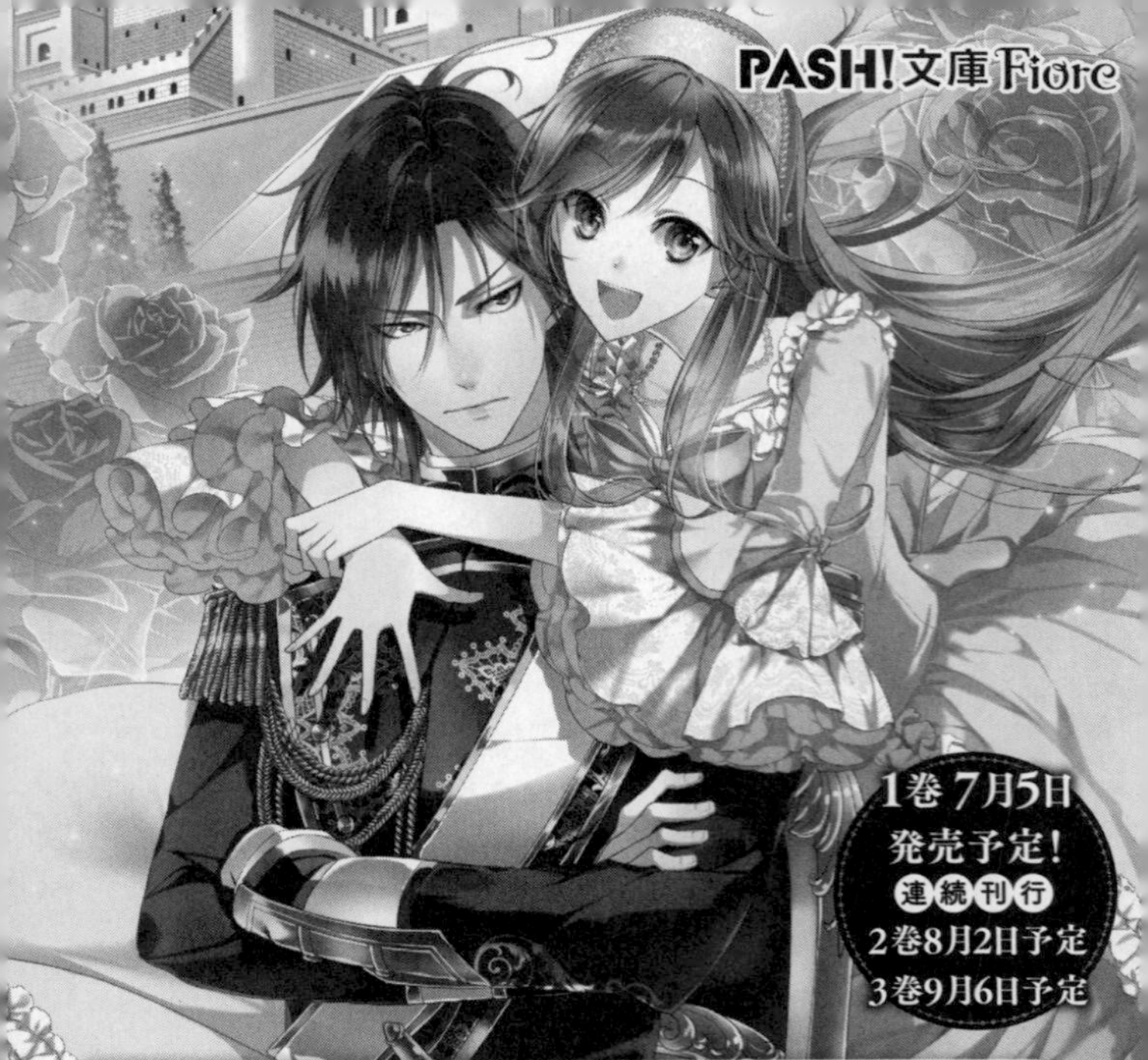

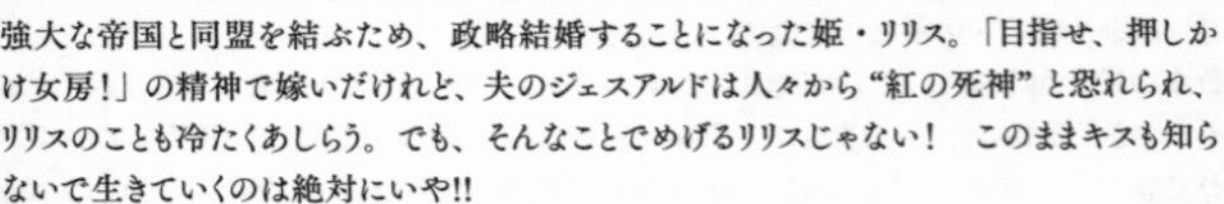

この本を読んでのご意見・ご感想・ファンレターをお待ちしております。

〒104-8357 東京都中央区京橋 3-5-7
（株）主婦と生活社 PASH! 文庫編集部
「沢野いずみ先生」係

PASH!文庫
本書は2019年5月に小社より単行本として刊行されたものを文庫化したものです。
※この作品はフィクションであり、実在の人物・団体・法律・事件などとは一切関係ありません。

妃教育から逃げたい私 1

2024年6月10日 1刷発行

著　者　沢野いずみ
イラスト　夢咲ミル
編集人　山口純平
発行人　殿塚郁夫
発行所　株式会社主婦と生活社
〒104-8357 東京都中央区京橋 3-5-7
[TEL] 03-3563-5315（編集） 03-3563-5121（販売）
03-3563-5125（生産）
[ホームページ]https://www.shufu.co.jp
製版所　株式会社二葉企画
印刷所　大日本印刷株式会社
製本所　株式会社若林製本工場
デザイン　井上南子
フォーマットデザイン　ナルティス（粟村佳苗）
編　集　黒田可菜

ISBN978-4-391-16243-1